I0634964

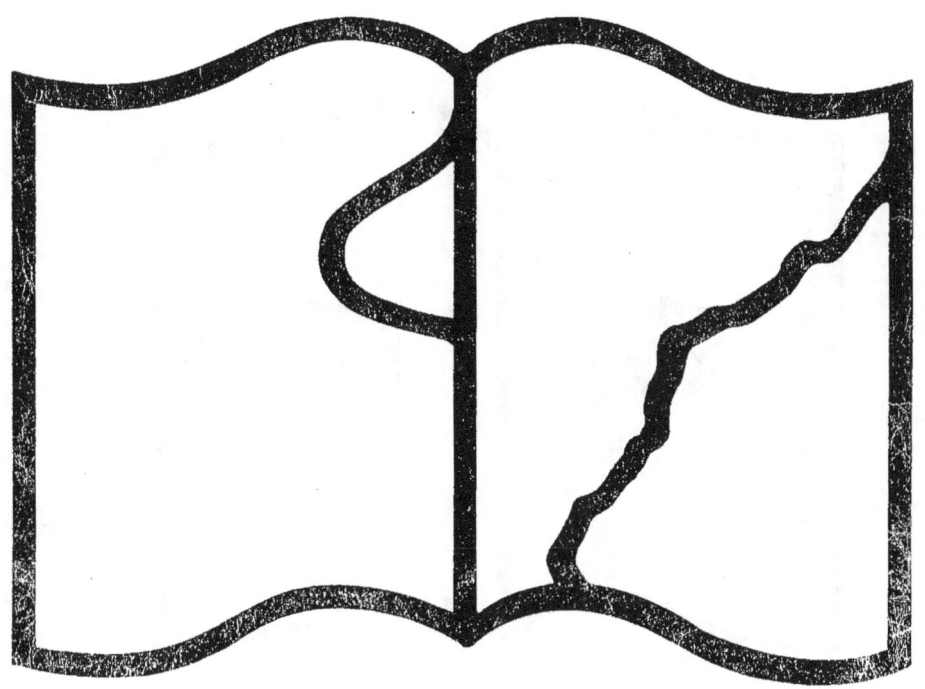

Texte détérioré — reliure défectueuse

NF Z 43-120-11

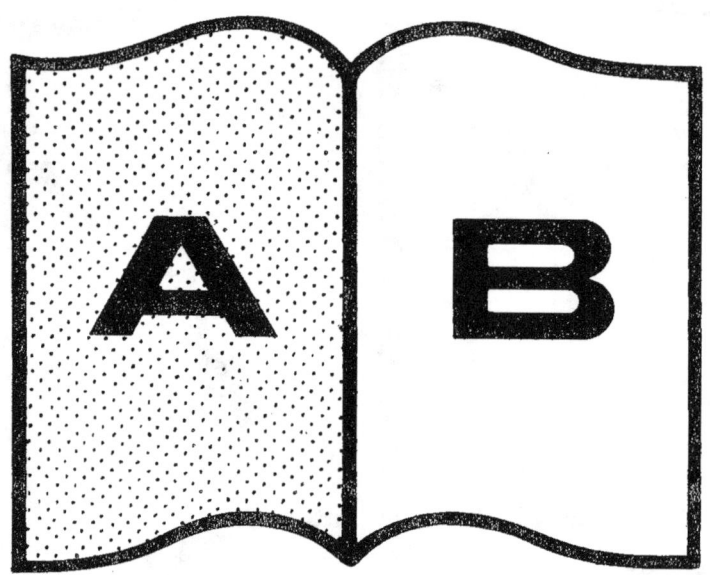

Contraste insuffisant

NF Z 43-120-14

LA

MEILLEURE PART

LA

MEILLEURE PART

LA MEILLEURE PART

PREMIÈRE SÉRIE IN-QUARTO

ANNE KERPRAT

LA

Meilleure Part

PAR

ÉVA JOUAN

—

VINGT-DEUX GRAVURES

—

LIMOGES

EUGÈNE ARDANT & Cie

ÉDITEURS

C'était un bel épagneul. (page 11)

LA MEILLEURE PART

PREMIÈRE PARTIE

LA FERME DES CHÊNES

I. — APRÈS LA CLASSE

Entre Sarzeau et Saint-Gildas, dans cette partie pittoresque de la Bretagne baignée par l'Océan et la mer du Morbihan, et nommée la presqu'île de Rhuis, s'élève une jolie ferme ombragée par de grands chênes.

Elle abrite la famille Le Nollec, composée du père, de la mère et de deux garçonnets de douze à quatorze ans, Yves et Jean.

Une petite fille de dix ans, Anne Kerprat, a été recueillie par son oncle et sa tante à la mort de ses parents, qu'une terrible épidémie de fièvre typhoïde, sévissant à Nantes, avait enlevés à huit jours d'intervalle. Madame Kerprat s'était rendue dans cette ville pour rejoindre son mari, capitaine au long-cours, qui venait d'entrer dans ce port avec son navire.

L'enfant avait deux ans à cette époque ; elle ne s'est pas aperçue du terrible malheur, tellement M. et madame Le Nollec ont entouré sa frêle enfance de soins délicats et de tendres caresses. Elle les appelle *papa* et *maman*, ainsi que ses cousins, et la même affection les réunit, le soir, dans la grande salle, sous l'œil maternel de la bonne fermière.

La ferme est spacieuse, bien aménagée ; un grand jardin s'étend derrière, où les fleurs alternent avec les légumes et les arbres fruitiers. Des ruches s'alignent le long du mur sud, où bourdonnent les abeilles diligentes.

Une propreté minutieuse règne partout ; on voit que madame Le Nollec seconde son mari de tout son pouvoir.

Elle est aidée dans ses travaux par une grosse servante, à la mine réjouie, Claudine, vraie boute-en-train de la maison. De même, son mari est aidé par son valet Pierre, un beau gars d'une quinzaine d'années.

Grâce à un labeur sans trêve, à une entente et à une économie admirables, les Le Nollec parviennent à vivre très à l'aise dans la ferme paternelle, qu'ils ont agrandie et embellie.

Outre la culture de leurs champs, semés de froment, de maïs, de sarrazin... ils s'occupent encore des vignobles qui, dans cette presqu'île au doux climat, viennent admirablement et donnent ce vin blanc au goût particulier qui sert surtout à fabriquer l'eau-de-vie dite de Rhuis.

Par un bel après-midi de juin, à l'heure de la sortie de l'école, Yves, Jean et Anne suivent la route qui mène de Sarzeau à la ferme, et devisent gaiement entre eux.

La petite fille est blonde comme les blés mûrs; ses grands yeux sont bleus et rieurs, sa bouche rose est aussi toujours prête au sourire. C'est une douce enfant, adorée de ses parents et de ses amies pour son caractère égal et affectueux et sa belle intelligence. Svelte et élancée pour son âge, elle est toute mignonne avec son tablier de coton rose et le chapeau de paille au simple ruban, posé sur ses tresses d'or.

Yves et Jean sont deux solides gars, à la chevelure sombre et au teint bruni; ils forment un contraste frappant avec leur petite compagne.

Yves a l'air franc; il est grand et bien pris; dans ses yeux bien fendus brille un beau rayon d'intelligence. C'est sa dernière année d'école; pourvu du certificat d'études, il va maintenant aider son père dans les travaux champêtres.

Jean, quoique ressemblant à son frère, offre pourtant avec lui bien des points différents : il est trapu, ses yeux sont moins clairs, et derrière son front un peu étroit semble se cacher une arrière-pensée.

— Je ne suivrai plus longtemps avec vous ce chemin familier, dit soudain Yves. Aux vacances prochaines, je resterai à la ferme. Je ne porterai plus tes livres, petite Anne! ajouta-t-il avec un sentiment de regret.

— Je te remplacerai, moi! dit vivement Jean.

— Merci! répondit gentiment la fillette. Vous êtes tous deux bien complaisants pour moi. Aussi, quand je me trouverai seule sur cette route, la ferai-je moins gaiement.

Et un gros soupir souleva sa poitrine.

— J'ai encore plusieurs mois à t'y accompagner, reprit Jean. Les travaux des champs ne me tentent pas comme Yves.

— Tu voudrais être marin, alors, mon Jeannot? interrogea Anne.

— Oh! non, cette carrière entraîne à trop de dangers!

— Après la culture de la terre, pourtant, dit Yves, je ne vois pas une plus belle profession que celle-là. Si je ne plaçais pas le métier de cultivateur avant tous les autres, je me ferais recevoir capitaine, et je m'en irais par la mer jolie « Sur un beau brick qui porterait ton nom, » Anne, comme dit la chanson.

L'enfant sourit.

— C'est que la mer n'est pas toujours belle, dit encore Jean, et les tempêtes sont rudes à essuyer. Parlez-moi d'un bon emploi à terre, dans un bureau, par exemple.

— Dans un bureau!... fit vivement son frère. Tu n'y penses pas, Jean? Ce ne sont pas les enfants des champs comme nous qu'on y enferme; c'est bon pour les jeunes gens des villes, ces métiers-là. A l'idée de travailler devant une table toute la journée, le sang me monte à la tête.

— Je pense comme toi, Yves, dit Anne. J'aime bien mieux conduire les moutons au pâturage, en glanant le long de la haie toutes les fleurs charmantes qui y croissent.

Jean ne répondit pas, mais il serra les lèvres comme pour ne pas permettre à un secret de s'en échapper.

— Tiens voici une églantine tardive! fit Yves en se baissant pour cueillir la fleur. Elle est pour toi, ma mie.

Anne la prit, la porta à sa bouche, dont elle avait la fraîcheur, comme pour la laisser, et la glissa dans la ceinture de cuir noir qui serrait sa blouse de classe.

Ils approchaient de la ferme. Soudain, à un détour du chemin, ils aperçurent Faraud, le chien familier, qui venait vers eux. C'était un bel épagneul dont la robe blanche était tachetée de feu.

La brave bête adorait les enfants. Lorsqu'ils se rendaient à l'école, elle les accompagnait jusqu'à un endroit déterminé, une grande prairie qui marquait la limite des terres de M. Le Nollec. A onze heures et à quatre heures, elle revenait les attendre au même champ, sans jamais se tromper.

Au départ, c'étaient des caresses, mêlées des cris plaintifs de Faraud, qui s'en retournait l'oreille basse et la queue entre les pattes; mais à l'arrivée, quelle explosion de joie! Ses yeux de topaze brillaient de plaisir et son beau panache blanc s'agitait, triomphant.

Après des jappements sonores, et des coups de langue répétés sur les visages joyeux qui se penchaient vers lui, Faraud prenait la tête de la petite caravane, non sans se détourner cent fois pour regarder ses jeunes maîtres.

— Lorsque Faraud ne viendra plus au-devant de nous, disait Yves, c'est qu'il sera mort.

Ainsi escortés, nos jeunes amis atteignirent la ferme et entrèrent dans la cour spacieuse et bien entretenue, plantée des beaux chênes qui lui avaient donné leur nom. Rien n'y offusquait le regard ni l'odorat. Les écuries étaient bien tenues, le trou à fumier masqué par une haie de tamaris et de lauriers, et de l'autre côté, la vaste basse-cour, entourée d'une grille, ne permettait pas à la gente emplumée d'y commettre de déprédations.

La maison n'avait qu'un rez-de-chaussée, à cinq ouvertures; une porte y ouvrait sur un corridor séparant la grande salle de la chambre à coucher paternelle. Derrière chacune de ces pièces se trouvaient deux autres plus petites donnant sur le jardin, où couchaient les enfants et les hôtes de passage à la ferme. Au-dessus étaient les logements des serviteurs et les greniers.

Une vigne et un beau rosier enguirlandaient la façade de leurs verts rameaux et de leurs frais bouquets, que les abeilles travailleuses et les papillons frivoles butinaient et caressaient de l'aile.

Il régnait une sérénité sans égale dans ce domaine; on sentait que le bonheur y avait fait son nid.

Attirée par les rires des enfants et les aboiements sonores de Faraud, la fermière vint à la fenêtre; un bon sourire illumina son visage, où se joignaient l'intelligence et la bonté.

Elle portait la coiffe des îles du Morbihan, dont les longs pans de fine mousseline blanche formaient comme des ailes; une guimpe brodée, un mouchoir en simple lainage de couleur claire, un tablier à piécette et une jupe unie, au corsage simple, aux larges manches cerclées de velours, complétaient cette toilette modeste, mais non sans charme. Cette coiffure pittoresque, allait bien à la figure de l'aimable fermière et la rendait plus maternelle encore.

— Entrez, petits, dit-elle, votre collation vous attend; ensuite vous irez porter celle du père, qui fauche avec les domestiques le foin de la prairie des Saules. Vous les aiderez un peu à faner, et, au retour, vous ramènerez les moutons.

Après avoir embrassé leur mère, les enfants déposèrent leurs cahiers et leurs livres sur une table à cet usage, puis se lavèrent

les mains à la jolie fontaine de porcelaine blanche, aux fleurs
bleues, qui ornait l'un des panneaux du corridor. Ils mangèrent
d'un très bon appétit les tartines de pain bis et tendre recouvertes d'une épaisse couche de beurre. C'était un de leurs régals
que ce pain préparé à la ferme. Une tasse d'un lait crèmeux
acheva le frugal goûter.

— Je ne tiens pas à aller aux champs, maman, dit Jean. Je
préfère me mettre de suite à mes devoirs.

— La soirée est longue, enfant, lui répondit sa mère, tu les
feras après le souper. Il ne faut pas t'appliquer ainsi en sortant
l'école ; va avec ton frère et ta sœur ; cette promenade te fera du
bien.

— J'ai déjà assez marché, répliqua le jeune garçon d'un air
maussade.

— Reste alors.

Et un léger soupir s'échappa des lèvres de madame Le Nollec.

Yves et Anne s'en allèrent, joyeux, portant chacun une anse
du panier d'osier où la mère avait déposé le pain et la cruche de
cidre qui devaient réconforter les travailleurs. Faraud les précédait, en gambadant.

— Vraiment, je ne sais à quoi songe Jean ? dit Anne. Il ne
semble plus charmé de nos plaisirs. Ces courses après la classe,
qu'il était si heureux de faire avec nous, il les dédaigne pour se
plonger dans ses livres. Il veut peut-être devenir notaire : qu'en
dis-tu, Yves ?

Le jeune homme rit franchement de cette réflexion de la
fillette, et surtout de l'air sérieux avec lequel elle la faisait.

— Je ne le crois pas, répondit-il. Père ne le permettrait pas ;
d'abord, il faut trop de monde à la ferme, ensuite ce n'est pas

à l'école de Sarzeau que Jean peut acquérir l'instruction nécessaire; il lui faudrait aller au lycée, et, encore une fois, père n'y
consentirait pas.

— Tant mieux! Je ne voudrais vous perdre ni l'un ni l'autre.
Mais je parlerai à Jean, je veux savoir pourquoi ses goûts ont
ainsi changé.

Ils étaient arrivés à la prairie que M. Le Nollec fauchait avec
Pierre. Une partie du beau foin, semé de fleurettes, était déjà
abattu, et Claudine l'éparpillait avec une longue fourche en
bois.

— Ah! vous voici, mes mignons! dit le fermier d'une voix
adoucie.

Il quitta sa faux, qui étincelait au soleil couchant, et, courbant
sa haute taille, il baisa la joue fraîche de chaque enfant.

— Où est donc Jean? reprit-il.

— Il a préféré commencer ses devoirs, père, répondit Yves.

— Il a eu tort. Il n'est pas bon à votre âge d'étudier sans cesse;
un peu d'exercice est nécessaire à votre croissance. Je le dirai à
ce petit sot.

Pendant que nous mangeons un morceau, ajouta-t-il, prenez
les fourches, enfants, et fanez.

Anne et Yves ne se firent pas répéter l'invitation, et bientôt ils
travaillaient de tout cœur à la fenaison.

Leur père, assis sous un ormeau avec ses domestiques, les
regardait tout en mangeant; il semblait gai et triste à la fois;
l'absence de Jean le contrariait, et sa franche nature ne savait
pas cacher ses impressions.

C'était un maître homme que Jean Le Nollec; actif au travail,
cherchant toujours à l'alléger à ses gens en s'initiant au progrès,

en adoptant les nouvelles machines qui, habilement dirigées, font tant de besogne. Il était abonné à plusieurs publications traitant de la science agricole, et le soir, assis près de la fenêtre en été, ou dans la haute et large cheminée à la mauvaise saison, il étudiait, comparait et appliquait ensuite les méthodes les meilleures.

L'agriculture était sa passion; aussi avait-il juré de faire de ses fils des travailleurs de cette terre qui lui avait apporté le calme et la joie. Il les voulait instruits, au moins assez pour bien diriger une exploitation, telle que la sienne; mais pas trop, afin de ne pas les exposer à dédaigner le travail des champs.

Aussi, cette assiduité au travail intellectuel qu'il remarquait depuis quelque temps chez son plus jeune fils, l'enchantait et le déconcertait à la fois. Si Jean songeait à se créer une autre situation? Mais il n'avait encore que douze ans, et à cet âge les idées ne sont pas bien fixées. Il était assidu à ses devoirs parce qu'il avait une nature travailleuse, voilà tout; lorsque les travaux des champs l'intéresseraient, il en serait de même.

Et ces réflexions ayant rassuré le fermier, il but un verre du bon cidre mousseux contenu dans le pichet de grès, et, se levant, il reprit allègrement son travail et sa chanson.

Anne, ainsi qu'un petit papillon capricieux, n'avait pas tardé à abandonner la fourche, un peu lourde pour ses frêles mains. Elle s'était avancée vers l'herbe, encore frissonnante sous le vent du soir, et y cueillait délicatement les grandes marguerites, les boutons d'or et les coquelicots.

— Vois-tu, Yves, disait-elle à son compagnon qui la regardait en souriant, tout en maniant sa fourche d'une main déjà vigoureuse, je ne veux pas les laisser toutes tomber sous la faux, elles sont si belles! Puis il me semble qu'elles souffrent d'être traitées ainsi.

— Ne se faneront-elles pas aussi bien dans le vase où tu les placeras, Annette?

— Oui, c'est vrai; mais, pendant quelques jours, elles nous auront réjouis.

Et elle contemplait sa jolie gerbe avec ravissement. C'est qu'elle les aimait, ces fleurs champêtres, délicates entre toutes!

La grande salle était toujours parée de frais bouquets qu'elle cueillait elle-même, et nuançait en véritable petite artiste. Sa tante se prêtait à cette fantaisie de la mignonne fée, qui était bien la poésie de la rustique demeure.

Madame Le Nollec et sa sœur, la mère de la petite Anne, étaient nées à l'Ile-aux-Moines, la plus grande et la plus riante des nombreuses îles du golfe du Morbihan. Filles d'un capitaine au long cours, elles avaient reçu une certaine instruction, que les récits de leur père avaient encore élargie.

Ayant beaucoup voyagé, le capitaine Kérel avait rapporté une grande aisance de ses relâches nombreuses dans les pays lointains. Il en vivait à l'Ile-aux-Moines, où il possédait une gentille maison et une barque, qui charmait ses loisirs.

Sa femme étant morte, une vieille cousine s'occupait du logis.

C'était toujours une fête pour les enfants que d'aller voir le grand-père. Il racontait de si belles histoires, sa demeure était si bien ornée de beaux coquillages, de coffrets aux riches couleurs, d'oiseaux empaillés ou vivants, entre autres une ravissante perruche.

Et tout en l'écoutant, Anne regardait ces choses qui lui sem-

blaient féeriques; et son esprit s'en allait sur l'aile du rêve vers
ces contrées magiques, aimées du soleil, que le grand-père
dépeignait si bien. Aussi était-elle une raffinée parmi ses petites
compagnes, le milieu dans lequel elle vivait aiguisant encore sa
nature poétique.

Son cousin Yves avait aussi beaucoup de cet esprit délicat ; il
se complaisait comme elle dans la contemplation des beautés de
la nature, pittoresque parfois, merveilleuse toujours, sortant au
bord de la mer.

Et ces deux âmes tendres se recherchaient et n'avaient pas de
plus grand bonheur que de goûter ensemble à toutes ces joies.
Le plus doux des plaisirs les aurait laissés froids l'un et l'autre,
s'il n'avait pas été partagé.

Jean avait un caractère plus terre à terre, il ne s'abandonnait
pas comme eux à ces élans d'enthousiasme devant un beau site
ou en écoutant la narration d'une palpitante histoire. Il les
suivait volontiers, les aimait beaucoup tous deux, mais il arrivait
un moment où lui et eux ne se comprenaient plus.

Anne ayant terminé sa cueillette, la déposa à l'ombre d'un
buisson, afin de conserver aux fleurs toute leur fraîcheur ; puis,
vaillante, elle reprit sa fourche. Aussi reçut-elle ce compliment
de son oncle :

— Je suis heureux de te voir cette adresse et cette assiduité au
travail, ma fille. Nous ferons de toi une bonne fermière, petite
Anne.

L'enfant sourit, et répondit toute joyeuse :

— Je ne demande pas autre chose, père ; je trouve cette vie en
pleins champs si agréable !

L'heure du repos était venue.

2

— Allez chercher les moutons, enfants, dit le fermier; Pierre
et moi nous nous occuperons des chevaux, et toi, Claudine, tu
ramèneras les vaches.

— Et de la sorte, chacun aura sa part de travail, fit Anne, en
se hâtant de remettre sa fourche à la servante, afin de reprendre
sa gerbe fleurie.

Et bientôt, les animaux rentrés dans leurs écuries respectives,
maîtres et serviteurs apparaissaient à la porte de la grande salle.
Le soleil couchant y entrait, éclairant de ses vifs rayons la longue table de chêne où s'étalait le couvert sur une nappe de toile
cirée blanche, le haut dressoir avec ses jolies assiettes et les
fleurs dont Anne le parait, la pendule dans sa boîte, la cheminée
aux grands vases fleuris, aux beaux coquillages roses, les
chaises massives...

Cette salle était charmante dans sa simplicité de bon goût.
Les meubles offraient d'artistiques sculptures, et rien de banal
ne les déparait. Aux murs, étaient suspendues une glace et quelques gravures représentant des scènes champêtres.

C'était la pièce principale du logis, celle où l'on recevait les
parents et les visiteurs, celle aussi où l'on veillait pendant les
longues soirées d'hiver, alors que, dans l'âtre immense, se con-
sumait une souche moussue.

Pour n'être pas dérangé par les allées et les venues pendant
ses heures d'études, M. Le Nollec avait fait construire une
cuisine adossée à la salle, où se tenaient les domestiques quand
il y avait du monde au logis. En temps ordinaire, si la cuisine
s'y faisait, maîtres et serviteurs mangeaient à la même table.

— Le souper est prêt! s'écria madame Le Nollec à la vue des
arrivants.

— Bonjour, femme; nous avons tous bon appétit, répondit joyeusement le fermier.

Après s'être lavé soigneusement les mains, tous s'assirent aux places accoutumées, pendant que le maître donnait à chacun une large assiette d'une savoureuse soupe, dont le parfum fit ouvrir les yeux, les narines et surtout la bouche à Pierre le pâtour.

— Pourquoi n'as-tu pas accompagné ton frère et ta sœur aux champs, mon Jean? interrogea le père, après le premier appétit satisfait.

— Je voulais faire mes devoirs et apprendre mes leçons, papa.

— Tu aurais pu les faire après le souper ou demain matin; c'est jour de congé. Je tiens à ce que tu prennes un peu d'exercice au retour de la classe.

— La route de Sarzeau à la ferme m'en donne assez, murmura l'enfant.

— Je tiens aussi à ce que tu t'inities aux choses de la terre, continua le fermier, afin de n'être pas trop novice lorsque tu t'y mettras sérieusement.

Le jeune garçon regarda son père furtivement, puis baissa la tête sans répondre.

— Tu me promets d'obéir, Jean? reprit M. Le Nollec.

— Certainement, n'est-ce pas, mon fils? dit à son tour la mère.

— Oui! murmura-t-il.

Et la discussion fut close.

Pendant que madame Le Nollec et la servante desservaient la table, les enfants se groupèrent autour de leur père dans la large embrasure de la fenêtre ouverte à la brise du soir, et celui-ci leur montra un livre aux nombreuses gravures traitant de la science agricole, en le leur expliquant.

Madame Le Nollec revint bientôt se joindre à eux; elle prit son rouet qui mêla sa chanson berceuse à la voix grave du père, aux gazouillements des enfants. Et la soirée s'écoula, pleine de charme entre les membres de cette famille qu'une affection sans borne unissait.

— Allons nous coucher, enfants, dit soudain le fermier, car demain je vous emmènerai à Saint-Gildas où j'ai une affaire à traiter.

Les petits se levèrent avec empressement. C'était une fête, surtout pour Anne et Yves, que d'aller à Saint-Gildas-de-Rhuis!

Le cloître antique plaisait à leur nature poétique, et aussi les hautes falaises où l'Océan se brise avec fracas. Elle est si mystérieuse, cette abbaye aux belles légendes! Celle de Saint-Gildas, entres autres, qui pour échapper aux méchants monta sur son cheval, et le fit franchir d'un bond l'espace compris entre la presqu'île de Rhuis et l'île de Houat où il se réfugia. Une fontaine qui porte le nom du saint se trouve près du rocher où le sabot du cheval s'incrusta en s'élançant pour tenter le redoutable passage.

Après un baiser à leur père, ils disparurent avec leur mère, qui, chaque soir, présidait au coucher de la petite Anne, et venait ensuite border ses grands gars dans leur lit en leur donnant la caresse du bonsoir.

La chambrette d'Anne était simple et fraîche comme elle. Un papier à fleurettes bleues la tapissait; au lit blanc, à la fenêtre se répétaient les mêmes tentures d'azur; un bahut, une petite table et quelques chaises en composaient l'ameublement. Mais l'amie des fleurs en avait dispersé partout, même sur le rebord de la fenêtre, où elle les soignait dans des pots toujours fleuris, puisqu'elle en renouvelait les plantes d'après les saisons.

— Réveille-moi de bonne heure demain, maman, veux-tu? dit-elle à madame Le Nollec en la quittant.

— Mais vous ne partirez qu'après dîner pour Saint-Gildas, ma petite fille; tu peux donc rester au lit plus tard que de coutume.

— Oui, mais je voudrais, après mes devoirs faits, retourner à la prairie avec Yves, afin de faner.

— Cela t'amuse? fit sa tante en riant.

— Beaucoup! Père m'a dit hier que je m'y prenais très bien.

— A demain alors, mignonne; je t'éveillerai au chant du coq.

— Pas si tôt! dit la fillette d'un air effrayé. Notre Vaillant chante qu'il fait à peine jour.

— Je plaisantais, ma mie; ne crains rien et dors tranquille.

Après un dernier baiser, la mère laissa l'enfant pour aller inspecter la chambre des garçons. Elle avait la même disposition que celle de la fillette, mais les fleurs de la tapisserie et des tentures étaient rouges.

Ils étaient déjà couchés et leurs têtes brunes se profilaient sur les oreillers blancs.

— Bonsoir, mère! Réveille-moi de bonne heure! fut aussi la demande d'Yves.

— Allons tu veux aussi faner. Et toi, Jean?

— Moi? Je dormirai la grasse matinée, puisque j'ai terminé mes devoirs et appris mes leçons.

— Tu nous rejoindras à la prairie, alors? fit Yves.

— Peut-être. Je ne veux pas me fatiguer avant cette course à Saint-Gildas.

— Que tu es devenu paresseux, mon Jeannot! dit madame Le Nollec, en passant sa main sur le front de l'enfant.

— Bonne nuit, maman! dit-il comme s'il n'avait pas entendu l'exclamation.

Et il ferma les yeux.

La fermière les embrassa tous deux, et sortit sans faire d'autres remarques. Mais elle soupira et pensa comme son mari que leur fils n'était plus le même.

Quand elle regagna la salle, M. Le Nollec se levait, la veillée terminée. Ils fermèrent et donnèrent un coup d'œil à tout, puis ils allèrent aussi chercher un repos bien gagné par une rude journée de labeur.

Ni l'un ni l'autre ne parlèrent de leurs préoccupations au sujet de Jean. Ces indices étaient trop vagues; à quoi bon s'attrister, si cette manière d'être n'était que passagère?

Et bientôt la ferme des Chênes fut plongée dans le calme le plus complet, jusqu'au petit jour, où Vaillant, le bien nommé, ferait entendre son plus aigu coquerico.

La voiture fila sur la grande route. (page 26)

II. — Vers Saint-Gildas

Après une matinée bien employée, M. Le Nollec fit atteler Souris, une belle jument d'un gris cendré, douce et vaillante bête, toujours prête au travail.

Les enfants étaient doublement joyeux de cette promenade en voiture et de l'arrêt à Saint-Gildas, qui leur permettrait de se rendre à la grève. Courir en face de cette belle onde bleue était pour eux le plus grand des plaisirs.

Ils en jouissaient souvent au moment des vacances qui les ramenaient à l'Ile-aux-Moines, dans la Maison du grand-père. C'étaient alors des bains prolongés, des parties de pêche dans le joli canot à voile blanche, qui portait le nom de la fillette. Les deux garçons nageaient comme des poissons; ils auraient voulu entraîner Anne à leur remorque; mais l'enfant, craintive, s'y refusait; elle préférait rester près de son grand-père qui lui enseignait tout doucement l'art de la natation.

Aussi avant de partir pour Saint-Gildas, Yves et Jean avaient demandé à leur mère :

— Pourra-t-on se baigner?

— Non, non, avait-elle répondu vivement. D'abord l'époque des bains n'est pas encore venue, ensuite je ne me fie pas à vous, méchants, qui voulez toujours nager au loin. Dans le golfe, cela passe encore; mais les lames du large sont perfides, et je redouterais alors cette course que je vous vois entreprendre avec autant de plaisir que vous en ressentez vous-même. Prenez un bain de pieds, tout au plus.

— Peuh! avait jeté Jean dédaigneusement. C'est bon pour les petites filles comme Anne.

— Je n'en permets pas davantage. N'est-ce pas ton avis, Le Nollec?

— Parfaitement, Yvonne, et je veillerai à ce que ton désir ne soit pas enfreint.

— Tu n'en auras pas besoin, père, fit Yves; nous obéirons.

— Je n'en attendais pas moins de toi, mon grand gars!

Et en disant ces mots, madame Le Nollec regardait avec tendresse son premier né, qui lui ressemblait autant au moral qu'au physique.

La voiture s'ébranla. Faraud bondissait sur la route, aussi joyeux que ses jeunes maîtres.

C'était une radieuse journée. Un ciel pur où étincelait le clair soleil de juin, animant tout de sa vivifiante lumière.

Il y a peu d'arbres sur cette partie de la presqu'île; mais des champs bien cultivés se déroulent des deux côtés de la route.

En passant près d'une belle pièce de trèfle incarnat, dont la pourpre miroitait au soleil, M. Le Nollec remarqua qu'une partie des plants semblait dépérir.

— Je crois que le trèfle du meunier Hilaire est attaqué par la cuscute. Arrêtons-nous un instant, enfants, afin de constater le dommage.

Ils descendirent pendant que la docile Souris attendait, en regardant vaguement devant elle.

— Je ne m'étais pas trompé, reprit le fermier, c'est bien ce parasite qui veut vivre aux dépens du trèfle du meunier. Il faudra le prévenir, afin d'arrêter le dégat; il serait dommage de perdre ce superbe morceau.

— Tu crois que tout le trèfle serait perdu, père? interrogea la petite Anne.

— Absolument, ma fille; cette plante aux petites fleurettes roses, aux longues fibres de même teinte, envahirait bientôt tout le champ, si l'on ne l'arrachait.

— Je la connais, reprit l'enfant d'un air entendu, après avoir examiné une tige de trèfle où elle s'enchevêtrait; elle s'étend aussi sur l'ajonc. Et moi qui la trouvait si jolie sur cette plante épineuse !

— Tu ne te doutais pas qu'elle fût nuisible, fit Yves. Ce qui nous prouve que ce qui est séduisant peut-être dangereux.

— Connais-tu une autre plante parasite nuisible, Anne? demanda le fermier.

La petite chercha.

— Le gui!... lui souffla Yves.

— Ah! oui, fit-elle; cette plante aux feuilles d'un vert pâle, aux menus fruits blancs, comme des perles, qui croît sur les pommiers !...

— Et sur les chênes, continua M. Le Nollec. Elle enlève à ces arbres, aux pommiers principalement, toute leur sève, et doit être arrachée, si l'on ne veut pas que son support s'étiole. Des ordres sévères sont, du reste, donnés chaque année pour l'arrachement du gui sur les pommiers.

Le lierre, sans être essentiellement parasite, puisqu'il a ses racines en terre, cause aussi un tort considérable aux grands arbres qu'il embrasse de ses racines adventives. On a vu de jeunes arbres complètement étouffés par le lierre, et celui-ci, victorieux, remplacer de ses bouquets aux fruits noirs les feuilles desséchées sur les branches.

— Mais il est si joli, ce lierre ! protesta la fillette.

— Oui, il revêt bien les ruines, fit Yves.

— Remontons-nous ! s'écria Jean. Souris s'impatiente.

— C'est toi, plutôt, dit son père en riant ; tu as hâte d'arriver à la grève ?

— C'est vrai !

Et son rire se mêla à celui du fermier.

La voiture fila de nouveau sur la grande route, bien entretenue.

Jean avait repris sa belle humeur ; il riait et jasait avec ses compagnons, et ne paraissait plus rien dissimuler derrière son front redevenu serein.

Bientôt on atteignit les premières maisons de Saint-Gildas, et pendant que M. Le Nollec entrait chez son ami Kervin pour l'affaire à traiter, les enfants, après un rapide bonjour, s'envolèrent du côté de l'église.

— Vous m'attendrez pour descendre vers la plage, cria leur père.

— Oui, oui, firent-ils en chœur.

Saint-Gildas est une petite bourgade intéressante par son ancienne église, et par ses belles falaises d'où l'on jouit d'un splendide panorama sur la presqu'île de Quiberon, sur Belle-Isle, les îles de Houat et de Hœdic, et même sur la pointe du Croisic.

Saint-Gildas-de-Rhuis fut d'abord un monastère, fondé au vi⁰ siècle par le moine qui lui a donné son nom. Au x⁰ siècle, les Normands y débarquèrent et brûlèrent l'abbaye après l'avoir pillée. Elle fut reconstruite un siècle plus tard, et plusieurs parties de l'église actuelle datent de cette époque.

L'un des principaux abbés du monastère fut Abélard (1079-1142). Ce savant moine enseigna avec le plus grand succès la rhétorique et la philosophie scolastique à Paris, attirant autour de sa chaire des milliers d'auditeurs.

Il y a plusieurs pierres tombales dans le chœur de l'église; elles recouvrent les cendres des anciens abbés et des membres de la famille des ducs de Bretagne; l'une d'elle porte la croix des Templiers gravée dans le granit. C'est là aussi que se trouve la pierre funéraire du fondateur de l'antique abbaye, Saint-Gildas.

Anne affectionnait le vieux cimetière de Saint-Gildas; elle avait pour siège, lors de ses stations, un petit fauteuil de pierre creusé au bas d'un grand tombeau moussu et abrité par un chêne vert! C'est là qu'elle aimait à s'asseoir, en écoutant chanter les pinsons qui faisaient leurs nids dans l'arbre centenaire.

Aussi lorsque ses parents ou ses frères ne la trouvaient pas dans le village, ils étaient sûrs de la rencontrer à sa place favorite, se tressant une couronne de pâquerettes, en chantant à demi-voix.

Un jour que sa tante lui reprochait ce chant si près des pauvres morts :

— Je ne chante que pour les distraire, maman ; ils doivent être si tristes sous ces vieilles pierres, où personne ne murmure une prière, ni ne jette une fleur !

Et madame Le Nollec n'avait pu s'empêcher de sourire, en baisant les grands yeux purs de la petite rêveuse.

— Oh ! disait-elle encore, si j'habitais Saint-Gildas, c'est toujours sous le chêne vert que je viendrais apprendre mes leçons ; on y est si bien pour travailler !

Lorsque M. Le Nollec vint appeler les enfants, ils étaient assis tous trois sur le fameux fauteuil, c'est-à-dire que Anne l'occupait, comme une petite reine, et que ses deux chevaliers s'étaient tout simplement jetés dans l'herbe haute et fleurie.

— Que faites-vous là dans ce silence ? interrogea le bon fermier, tout étonné de leur sagesse.

— Chut, père ! fit la fillette en posant un doigt sur ses lèvres. Nous écoutons un grillon qui dit sa chanson aux morts, une chanson si triste, que tu pleurerais de l'entendre !

La vue de la mer enleva à son visage l'expression rêveuse, bien au-dessus de son âge, qui y était fixée depuis sa sortie de l'antique cimetière, et bientôt ses éclats de rire et ses cris joyeux rivalisaient avec ceux de ses cousins.

Elle était si belle ce jour-là, cette mer aimée ! Sous le ciel entièrement bleu, elle miroitait, bleue comme lui, et de blancs goélands s'y jouaient, en poussant des cris stridents.

La marée était basse ; les enfants purent donc, pieds nus, courir sur le sable et les rochers où ils trouvèrent une quantité de petits crabes, aux longues pattes, qui ont le goût délicat de la crevette. Sans aucune crainte, ils en remplirent un panier qui contenait le goûter qu'en mère prévoyante madame Le Nollec avait préparé, et qui, en attendant mieux, avait été déposé dans un creux de roche.

M. Le Nollec les aidait dans cette pêche abondante et imprévue.

— Dans quelque temps, dit-il, les touristes leur feront la chasse ; ils sont grands amateurs de ces petits cancres.

En plein été, en effet, des baigneurs viennent s'installer à Saint-Gildas, et la jolie plage de Portas, si hospitalière, leur permet de prendre les meilleurs bains du monde.

Après un copieux goûter pris sur la grève, nos petits amis durent, à leur grand regret, regagner le bourg où se trouvait la voiture.

— Voyez donc quelle quantité de hannetons! dit soudain Jean, en montrant au haut du rivage de nombreux cadavres de ces insectes.

— La mer les attire, répondit M. Le Nollec, et ils débarrassent ainsi nos arbres et nos récoltes. Les vilaines bêtes, elles en font des ravages! Et non seulement lorsqu'elles sont insectes parfaits, mais déjà sous leur première forme de vers blancs.

Vous savez, n'est-ce pas, mes enfants, que le hanneton pond ses œufs sous la terre? Ils y restent trois ans à l'état de larves, et coupent ainsi toutes les jeunes racines des plantes. Lorsqu'une plante jaunit et se flétrit, le mal est à la racine, et c'est le ver blanc qui le commet.

Et quand ces larves sont devenues insectes complets, ce sont les feuilles qui deviennent leur nourriture.

Aussi, dans certaines localités où les hannetons pullulent, la loi en ordonne la destruction. A l'aide de bâtons, les enfants les font tomber des arbres, et chaque centaine leur est payée à la mairie.

Il ne faut pas agir méchamment envers eux, ajouta M. Le Nollec, que les enfants écoutaient attentivement, on doit les tuer, puisqu'ils sont nuisibles, mais non les faire souffrir.

— Je connais un insecte ailé encore plus redoutable, père, dit Yves.

— Et lequel, mon fils? demanda le fermier, heureux d'avoir stimulé l'émulation du jeune garçon.

— La sauterelle.

— En effet! c'est un terrible fléau.

— Parle-nous-en, alors, dit Anne.

— Les sauterelles commettent leurs déprédations surtout en Afrique, mais on en voit aussi dans le midi de la France. Elles viennent sous la forme d'un épais nuage, et tout le territoire envahi par elles est bientôt saccagé. Le bruit ou de grands feux les éloignent parfois, mais ne les empêchent pas de s'abattre plus loin.

— On prétend que leur chair est bonne à manger, ajouta Jean.

— Fi, l'horreur! dit Anne. Je n'en voudrais pas goûter!

— Affaire de goût et d'habitude, ma petite fille, lui répondit son oncle.

Tout en causant, ils avaient regagné Saint-Gildas, et bientôt Souris les emportait de son trot allongé, sentant l'écurie, où la bonne provende l'attendait à la ferme des Chênes.

Le pâtre portait un nid de mésanges. (page 31)

III. — Le nid

Un soir, en revenant à la ferme pour le souper, le pâtre portait un nid de mésanges, qu'il offrit à Anne. Il contenait cinq oiselets à demi-nus, qui tremblaient sur le fin duvet dont était ouatée leur couche.

— Qu'ils sont petits, les pauvrets! Où les as-tu trouvés, Pierre?

— Tu ne les a pas dénichés, au moins? dit à son tour M. Le Nollec d'une voix sévère. Tu sais quels services ces oiseaux rendent à l'agriculture, et je serais très fâché si tu avais enfreint ma défense.

— Non, maître! répondit le pâtour. J'ai trouvé ce nid au pied du grand chêne de la prairie. C'est le vent violent de la nuit dernière qui l'aura jeté à terre.

— Il fallait grimper à l'arbre et le remettre entre les branches, nigaud, fit Jean.

— Je l'ai bien pensé tout d'abord; mais souvent les oiseaux ne reviennent pas dans un nid touché. Je l'apporte à Anne qui pourra peut-être élever les oisillons.

— Je ferai du moins l'impossible pour cela, dit la fillette avec chaleur. Et lorsqu'ils seront assez grands, nous les reporterons sous le chêne où ils prendront leur envolée.

Le nid fut placé dans une cage d'osier qui ne servait jamais qu'aux oiseaux tombés de leur demeure aérienne, car le fermier les défendait, ces gracieux auxiliaires de ses travaux champê- tres. Puis il n'aurait pas voulu faire de petits esclaves de ces chantres ailés, dont le plus grand bien est la liberté.

Anne prépara une pâtée de mie de pain et de lait; à l'aide d'un fin bâton, elle en tendit un peu à leurs petits becs avides.

— Dans quelques jours, s'ils résistent, reprit madame Le Nollec, il faudra leur donner des chenilles et des vers; ces oiseaux les aiment beaucoup.

Et, maintenant que tu as soigné ta couvée, Anne, couvre-là de cette laine chaude, et viens te mettre à table.

Pendant le souper, la conversation eut pour principal sujet les oiseaux et leur utilité. Le fermier ne négligeait jamais une occasion d'instruire ses enfants et ses domestiques; du plus petit détail, il faisait ressortir souvent un grand enseignement.

— Il ne faut donc pas dénicher les oiseaux pour s'emparer de leurs œufs ou de leurs oisillons, mes enfants, disait-il. Assez de causes fortuites nous privent de ces charmants oiseaux qui nous débarrassent de tant d'insectes nuisibles.

Les mésanges, principalement, enlèvent à nos arbres les chenilles qui dévoreraient leurs feuilles. C'est par centaines qu'un couple de ces mignons oiseaux en détruit chaque jour. Les merles, les fauvettes, les hirondelles, et bien d'autres, se nourrissent aussi d'insectes.

Ainsi ces oiseaux ne nous ravissent pas seulement par la beauté de leurs plumages et la gaieté de leurs chants, ils sont encore nos utiles compagnons dans nos travaux de chaque jour. Il nous faut donc les protéger, ces petits êtres charmants, qui, non seulement sont inoffensifs, mais encore indispensables à nos champs.

— N'est-ce pas, père, dit Yves, que la chouette et le hibou, quoique étant des oiseaux de proie, sont aussi des animaux utiles ?

— Oui, ils tuent bien des petits destructeurs pendant leurs chasses nocturnes, car ces oiseaux ne sortent que la nuit des trous des vieux murs où ils résident. On a tort d'en faire des épouvantails, et de les clouer parfois aux portes des granges.

Enfin, mes enfants, respectons les oiseaux; la gaie et vive alouette, qui s'élève des chaumes, en disant sa prière au ciel ; le rossignol, ce chantre de nos bois, l'hirondelle familière, qui, tous les ans, retrouve son nid sous le toit hospitalier...

Leur vie est faite d'air, de soleil et de liberté; ne les en privons pas, et, en échange, ils nous donneront leur aide, ces doux petits serviteurs qui nous secondent sans rénumération.

— Ah ! que tu as raison, père ! dit Anne. La campagne serait bien triste sans les oiseaux. Pour moi, il m'est toujours pénible de les voir sautiller dans une cage.

— Et dire qu'il y a des gens assez barbares pour crever les yeux des oiseaux chanteurs, dit Yves, sous prétexte que l'ennui qu'ils éprouvent dans cette nuit où on les plonge les fait mieux chanter!

— Oh! les cruels! Pauvres petits musiciens qui ne peuvent plus voir le soleil! J'aimerais mieux mourir que de commettre une telle action!

Petites mésanges, ajouta l'enfant, en courant vers les oisillons, ne craignez rien; si vous pouvez vivre, grâce à mes soins, vous retrouverez le ciel d'azur, le gai soleil et les beaux arbres de la prairie.

Pendant la soirée, Yves alla chercher son dernier livre de prix précieusement conservé sur une étagère. Il traitait des oiseaux et de nombreuses images s'y trouvaient.

Les enfants y virent les différentes formes de nids, les uns très rudimentaires, comme celui de l'alouette, qui l'établit sur une motte de terre, dans un champ de blé, à l'aide de quelques brindilles; les autres, maçonnés ainsi qu'un ouvrage d'homme : le nid de l'hirondelle; celui de la mésange, admirable de construction, où les brins de mousse alternent avec le crin, la laine et la plume.

Ils en remarquèrent de ronds, de plats, d'allongés. Ils s'extasièrent, avec raison, sur cet instinct merveilleux qui fait préparer le nid au moment voulu pour recueillir les œufs, lesquels donneront les oisillons.

Puis ce furent les plumages variés qui excitèrent leur admiration, et la conformation des membres, appropriée aux besoins de chaque espèce : un gros bec à l'oiseau qui se nourrit de graines, le moineau; un bec fin et allongé aux mangeurs d'insectes, la fauvette; des pieds palmés aux nageurs, tels que le goéland; de longues pattes aux échassiers comme le héron, qui cherche sa nourriture dans les cours d'eau.

Et cette migration des hirondelles! Cet instinct qui, à l'automne, les chasse vers les pays bénis du soleil, et les ramène au printemps dans nos climats...

— Si je n'avais été une petite fille, j'aurais voulu être une hirondelle! dit Anne, ingénuement.

Tous rirent aux éclats de cette idée.

— Où aurais-tu construit ton nid, Anne? dit Jean, en continuant la plaisanterie.

— A votre fenêtre, mes amis, et chaque matin j'aurais chanté pour vous éveiller.

— D'abord l'hirondelle ne chante pas, ma mie!

— Si l'on peut parler ainsi! fit-elle. Elle n'a pas le chant de l'alouette ou du rossignol, mais elle gazouille d'une bien jolie manière : n'est-ce pas, Yves.

— Parfaitement! J'aime beaucoup son petit cri de joie, répondit Yves, qui était toujours de l'avis de sa cousine.

On n'alla pas se reposer sans jeter encore un coup d'œil sur les oisillons, qui dormaient, la tête sous l'aile.

Pendant bien des jours, Anne les soigna avec sollicitude, et, malgré ses soins assidus, deux moururent, à sa grande désolation; mais les trois autres commencèrent à manger seuls, et à se parer de petites plumes bleues et soyeuses.

Elles étaient si gentilles ces mésanges, elles sautillaient si gaiement dans la cage, que c'était la grande distraction de la fillette de les regarder et de leur parler. Mais, dès que leurs ailes furent devenues plus fortes, elle porta la cage sous le chêne de la prairie et en ouvrit la porte.

Les mésanges ne semblaient pas vouloir en sortir; elles venaient jusqu'à l'ouverture, penchaient leurs petites têtes, et reculaient, timides.

— Il faut les mettre à terre et les habituer peu à peu au vol, dit Yves.

Et les oiseaux furent déposés dans l'herbe.

Ils voletèrent çà et là, puis revinrent encore à la cage, mais sans y entrer.

Enfin, un, plus hardi que les autres, vola sur une petite branche basse, puis sur une autre plus élevée, et il disparut sous les feuilles en poussant un cri joyeux. Les autres l'imitèrent, et bientôt il ne resta plus que les trois enfants devant la cage vide.

Soudain Anne éclata en sanglots.

—Ne pleure pas, Annette, dit Yves; ils reviendront près de la ferme chanter pour toi!

— Pourquoi les as-tu laissés partir, petite sotte? fit Jean.

— J'aime mieux avoir du chagrin et les savoir libres! dit-elle résolument.

Et, s'essuyant les yeux, elle décrocha la cage, puis reprit, stoïque, le chemin de la ferme.

Les fillettes composèrent une gerbe de fleurs champêtres. (page 47)

IV. — Au château de Sucinio

Ce mercredi de juillet, les enfants étaient tout joyeux en entrant à la ferme.

— Où est mère? demande Yves à la grosse Claudine, qui donnait du grains aux volailles.

— Votre maman est au jardin, autour de ses mouches à miel, répondit-elle. Qu'avez-vous donc de si pressé à lui dire, petits?

— Tu ne le sauras pas, curieuse, fit Jean, taquin.

— Va, va, mon gars, je ne tiens pas à le savoir.

— Pourquoi interroges-tu, alors?

Et, rieurs, ils disparurent vers le jardin, tandis que Claudine continuait à lancer son blé à la volée, tout en chantant éperdument sur un vieil air breton, pour cacher sa déconvenue :

Derrière chez mon père est un laurier fleuri,
Le rossignol y chante et de jour et de nuit... »

La servante avait à peine dix ans quand, orpheline et pauvre, elle avait été recueillie par madame Le Nollec pour mener les moutons aux champs. Elle s'habitua peu à peu aux choses du ménage et de la ferme, sous les ordres de sa maîtresse et de Marie, la domestique.

Lorsque celle-ci se maria et quitta la presqu'île, Claudine avait dix-huit ans et était apte à la remplacer en tout.

Madame Le Nollec fut alors récompensée de sa bonne action, car la jeune fille la servait avec une fidélité sans égale ; les intérêts de la famille étaient les siens, et jamais meilleur cœur n'avait battu dans une plus robuste poitrine.

Elle adorait les enfants qu'elle avait vus tout petits, et se jurait bien de ne jamais quitter la ferme où elle se trouvait infiniment heureuse, après son enfance misérable.

— Ah ! Madame, disait-elle à la fermière, je ne ferai pas comme la Marie, moi, je resterai toujours avec vous.

— Ne promets pas, ma Claudine, répondait sa maîtresse en riant ; un jour aussi tu voudras te créer une famille, et tu partiras à ton tour.

— Ne me dites pas cela, vous me faites de la peine !

Et le visage de la bonne fille était si désolé, que pour lui voir reprendre son air réjoui, qui plaisait à tous, madame Le Nollec se hâtait de la rassurer.

— Tu sais bien, ma fille, que je ne te forcerai jamais à cette séparation !

Et Claudine entonnait un chant d'allégresse d'une voix de tête qui en arrivait à donner les notes les plus aiguës. Car elle chantait toujours, et le rossignol du jardin avait en elle une rivale qui l'égalait, par toutes les chansons nouvelles qu'elle lançait à la brise en langue bretonne ou française.

Madame Le Nollec était, en effet, *autour de ses ruches,* comme disait Claudine. Elle s'y entendait très bien en agriculture, et savait soigner ses abeilles en maîtresse. Aussi le miel et la cire de la ferme des chênes étaient-ils renommés sur le marché de Vannes.

Des ruches bien faites s'alignaient le long d'un mur bas, tout enguirlandé de pervenches, qui les préservait des vents du nord assez violents parfois dans ces parages. Le jardin, vaste et bien entretenu, était garni des plantes les plus diverses et les plus parfumées, où les diligentes *avettes* trouvaient à glaner : la sauge, le romarin, la lavande, les menthes s'y joignaient aux œillets, aux giroflées, aux rosiers, aux lilas,... sans compter les fleurs des landes et des dunes : les bruyères, les marjolaines, l'immortelle,... qu'elles allaient aussi visiter.

Outre le miel et la cire, que les abeilles nous donnent sans compter, elles aident encore à la fécondation des arbres fruitiers, en entraînant par leur contact le pollen, cette matière fécondante, dans le pistil.

— Veux-tu nous permettre d'aller demain à Sucinio, mère? dirent les enfants.

Madame Le Nollec sourit de cet empressement.

— Et avec qui ferez-vous cette promenade? dit-elle.

— En compagnie de Louise et de Jacques, dit Yves, dont le père doit aller à Kermoizan pour une affaire. Il attellera sa grande voiture et nous a invités à nous joindre à nos amis. Si vous le permettez, père et toi, nous partirons demain matin pour Sarzeau où nous dînerons; dès que le repas sera terminé, nous

nous mettrons en route pour Sucinio, et, le soir, M. Lotudy
nous ramènera à la ferme.

— Si votre père y consent, je suis toute disposée à vous laisser faire cette promenade avec vos petits amis, et même je ferai
une belle galette au beurre, que vous emporterez pour le goûter.

— Merci! merci! maman, firent-ils tout joyeux, car nous ne
doutons pas du consentement de papa.

— Rentrez alors pour faire vos devoirs et apprendre vos leçons,
afin d'être prêts à partir demain sans obstacle.

Les enfants obéirent sans protester; ils savaient que le devoir
passait toujours avant le plaisir chez leurs parents, et ils s'y
étaient habitués dès leurs plus jeunes années.

M. Lotudy était un jardinier de Sarzeau; il y possédait une
gentille maison dans un grand jardin, où il cultivait les plus
beaux légumes, les meilleurs fruits de la contrée; sans oublier
les fleurs que sa Louisette aimait autant que la petite Anne.

Il y vivait avec sa femme et leurs quatre enfants : Jacques et
Louise âgés de douze et dix ans, et deux mignons jumeaux de
six ans, Maurice et Noël.

Fréquentant la même école, les enfants s'étaient liés, et il était
rare qu'un jeudi se passât sans les réunir à la ferme ou à Sarzeau.

M. Le Nollec se hâta de donner la permission demandée, en
constatant que tout était prêt pour la classe du vendredi, en
voyant aussi la joie si vive des jeunes gens, pour qui c'était une
fête de visiter l'antique château de Sucinio.

Le lendemain, madame Le Nollec se leva dès l'aube, afin de
pétrir elle-même la bonne galette, faite avec la fine fleur de
farine, et le beurre exquis donné par le lait de la Noire, une
jolie petite vache bretonne.

Et dans la matinée, les enfants partirent, toujours escortés de Faraud qu'il avait été impossible de laisser au logis.

Anne, nouveau petit chaperon rouge, avait tenu à porter la galette, qu'elle avait couronnée pour Louise des plus belles roses du jardin; mais elle n'avait pas à craindre le loup : ses deux compagnons et Faraud auraient su le mettre en fuite si la presqu'île en avait recelé un seul. Du reste, elle devait bientôt passer à Yves ce panier trop lourd pour ses mains frêles.

Tout en babillant, ils arrivèrent à Sarzeau sans s'en apercevoir.

Cette calme petite ville, dont l'église date du XVᵉ siècle, offre de curieuses et vieilles maisons, entre autres, à droite de l'église, celle où naquit en 1668, le littérateur Lesage, dont le principal ouvrage, *Gil Blas*, est considéré comme un chef-d'œuvre. L'auteur y a peint, avec une finesse d'esprit remarquable, les mœurs du siècle où il vivait, et il y fait un tableau fidèle des misères humaines.

La maison de M. Lotudy s'élevait un peu en dehors de la ville, à cause de l'immense jardin qui l'entourait, et rien n'était plus agréable à voir que cette modeste habitation d'un étage, dont les fenêtres s'encadraient de plantes grimpantes et fleuries.

A ce moment, dans celle du milieu, toute festonnée de glycine aux longues grappes mauves, se montrait un gentil minois de fillette aux grands yeux mordorés, aux boucles brunes, à la jolie bouche fraîche de grenade entr'ouverte. C'était Louise, guettant ses petits amis.

Dès qu'elle les aperçut dans le chemin ensoleillé, elle poussa une exclamation de joie, leur fit un geste amical de bienvenue, et descendit, légère comme une hirondelle, pour leur ouvrir la grille du jardin.

— Ils viennent, Louisette? interrogea son frère qui sortait de
la cuisine où cuisaient de bons mets en l'honneur des invités, et
dont le fumet savoureux se répandit dans l'air.

— Oui, fit-elle, sans s'arrêter.

Il courait à sa suite et des cris joyeux retentirent bientôt.

— La belle galette! faisait le gourmand Jacques.

— Les jolies roses! disait sa sœur, pour qui les fleurs passaient
avant toutes les friandises.

Ce fut en riant que les petits amis entrèrent dans la salle où
se trouvaient madame Lotudy avec ses deux mignons jumeaux.
Elle portait, comme madame Le Nollec, la coiffe de mousseline
aux longues ailes.

— Eh bien! mes enfants, dit-elle, vous allez faire une belle
promenade par ce clair soleil.

La journée, en effet, était splendide. Une brise légère tempérait
l'ardeur du soleil de juillet, brillant dans un ciel d'un azur sans
tache.

— A table! alors, reprit la maîtresse de la maison; si vous
voulez partir de bonne heure, il ne faut pas s'attarder. Va chercher ton père au jardin, Jacques.

L'enfant obéit sans se le faire répéter.

C'était un gentil blondin aux grands yeux bleus intelligents;
il ressemblait à sa mère, tandis que Louise était le vivant por-
trait de son père. Quant aux jumeaux, ils se ressemblaient d'une
façon étonnante, et offraient dans l'ensemble de leurs visages
délicats, des traits de chacun de leurs parents : les yeux bien
fendus, d'un bleu de pervenche, la petite bouche étaient de madame Latudy ; le front large, les cheveux bouclés, qui déjà bru-
nissaient, venaient de leur père.

Quand ils étaient bébés, la mère leur nouait au poignet un ruban, bleu pour Maurice, rose pour Noël; car, si elle était dérangée au moment de leur repas, elle ne savait pas reconnaître celui à qui elle avait donné à boire.

Une petite différence permettait aujourd'hui de ne pas s'y tromper : Maurice était un peu plus grand que Noël, et ses cheveux bouclaient complètement, tandis que ceux de son frère ondulaient plutôt.

On se mit à table, et chacun fit honneur au bon repas, servi avec beaucoup de soin sur la nappe blanche, où s'étalait un service à fleurettes bleues. Dans une jardinière occupant le milieu la table, Louise avait disposé les roses de son amie, et leur léger parfum, leurs coloris charmants ravissaient les jeunes filles.

La salle à manger de M. Latudy présentait un aspect très riant avec ses deux fenêtres donnant sur le jardin fleuri, son buffet de chêne aux belles assiettes, et sa table, où se pressaient tous ces gentils visages, respirant la force et la grâce. Aussi les maîtres de la maison se souriaient-ils, heureux, après avoir contemplé ces mignons qui babillaient gaiement, tout en mangeant d'un excellent appétit.

Le bon air, une nourriture simple, mais saine et variée, une hygiène bien entendue promettaient de faire de ces beaux enfants des hommes et des femmes robustes, et non de chétives créatures comme les villes nous en montrent malheureusement trop souvent.

Pendant que M. Lotudy attelait Pierrot à la voiture, les garçons allèrent admirer une escarpolette que Jacques avait installée entre deux grands ormeaux. Anne et Louise, peu désireuses de se balancer, se dirigèrent du côté du jardin. Les jumeaux les avaient suivies en gazouillant, comme deux rouges-gorges.

Combien Anne le trouvait joli, ce jardin spacieux, avec ses belles planches de choux, de carottes, d'oignons... entourées de fraisiers ou de thym! Pas une place n'était perdue, et ce vaste enclos aurait fait l'orgueil du meilleur jardinier.

Ce fut vers les fleurs qu'elles allèrent tout d'abord, vers ces fleurs qu'elles aimaient sans partage, et devant une corbeille d'héliotropes à la délicieuse odeur vanillée, Anne fit cette réflexion :

— Je les aime tant ces fleurs, Louisette, que j'aurais le désir de m'y enfouir toute.

— Fais-le, répondit sa compagne en riant.

— Mais ensuite je les retrouverais toutes froissées, et j'en aurais des regrets.

Louise cueillit une touffe et l'attachant au corsage de son amie :

— Tiens, tu en jouiras ainsi sans regret.

Et Anne respira en fermant les yeux, pour mieux saisir le suave parfum.

Elles prirent ensuite une allée conduisant à leur coin favori, sous les grands cerisiers, où M. Lotudy avait fait un banc de gazon, afin de leur permettre de s'y reposer.

Il était toujours charmant, ce retrait abrité par ces arbres vigoureux! Le printemps émaillait les cerisiers de blancs bouquets, et l'herbe de boutons d'or, de pâquerettes et d'ombelles; l'été les constellait de fruits au reflet de corail, dont les fillettes se faisaient des pendants d'oreilles; l'automne les diaprait de feuilles de pourpre et d'or, et en hiver, le moindre rayon glissait à travers les branche dépouillées; la mousse la plus fine et la plus verte s'y moirait. En toutes saisons, sous ce doux climat de Rhuis, ce réduit était propice aux jeux, à la causerie.

Elles ne purent s'y attarder longtemps ce jour-là; les garçons accoururent bientôt les prévenir qu'on n'attendait plus qu'elles pour partir.

Maurice et Noël trottèrent bien vite à leurs côtés en criant :

— Nous aussi, nous voulons aller en voiture! Dis, Anne, dis, Louisette, vous nous emmènerez?

— Comment faire? murmura Louise. Impossible de les emmener à Sucinio; qu'en ferions-nous pendant la visite du château?... Et ils vont pousser des cris affreux en nous voyant partir sans eux!

Mais la maman arrangea bien vite l'affaire.

— Mère ne peut aller en voiture, dit-elle aux petits qui cherchaient déjà leurs chapeaux, il faut qu'elle prépare des bottes de carottes et d'oignons pour le marché. Mais elle ne restera pas seule, n'est-ce pas, mignons? Vous serez gentils, vous l'aiderez dans son travail? Allons, dites au revoir à papa, et venez vite au jardin.

Et les deux enfants, l'esprit adroitement détourné de la promenade, offrirent leurs petits becs roses à leur père, et s'empressèrent de se rendre au jardin, se croyant indispensables à la confection des paquets de légumes.

Les autres, légers et contents comme de gais oiseaux échappés d'une volière, montèrent vivement, et la voiture les emporta à travers champs, au trot cadencé de Pierrot.

M. Lotudy avait confié les rênes à Yves, qui devait les passer ensuite à Jacques placé près de lui; derrière se groupaient Jean

et les deux petites filles. Et la promenade ne fut, surtout à l'arrière, qu'un joli babillage entrecoupé d'éclats de rire.

On longea bientôt un beau bois de sapins à la saine senteur,
dont les fines aiguilles vibraient sous la brise si harmonieuse-
ment, qu'on eût dit que mille harpes éoliennes y avaient été
dispersées.

— Ecoutez chanter les feuilles! dit Anne, en mettant son doigt
fluet sur sa bouche épanouie.

Et tous prêtèrent l'oreille, charmés par ces harmonies de la
nature, que le paysan le plus rustre saisit, sans le savoir, tellement il en a été bercé dès l'enfance.

Il était très agréable de passer à l'ombre des sapins par cet
après-midi ensoleillé; mais le bois allait bientôt finir, et la route
se trouvait dénuée d'arbres. Heureusement que les quatre kilo-
mètres qui séparent Sarzeau de Sucinio furent rapidement
franchis par le vaillant Pierrot.

Les ruines apparurent, majestueuses. On traversa le hameau
de Kergnet, à la rustique chapelle; on prit la route du château
de Kerlévénant, magnifique propriété, dont le grand parc est
planté de beaux arbres, et, à travers dés vignobles promettant
une splendide récolte, on atteignit enfin Kermoizan, où se trouvent les ruines de Sucinio.

Les enfants sautèrent gaiement à terre. Yves et Jacques reçu-
rent tous les compliments de M. Lotudy : ils avaient conduit la
voiture en maîtres.

— Ne vous hasardez pas dans les ruines sans moi, ajouta-t-il;
vous savez que certains endroits sont très dangereux. Asseyez-
vous à l'ombre des arbres; dès que j'aurai porté mes plants de

choux au père Nicolas, je vous rejoindrai avec M. Thomas, qui est chargé de la garde du château.

Les jeunes gens obéirent et s'amusèrent chacun à sa fantaisie. Les fillettes composèrent une gerbe de fleurs champêtres, et les gars coururent de çà, de là, comme de jeunes poulains en liberté, pour se dégourdir les jambes après la longue immobilité de la voiture.

Le château de Sucinio date du XIIIe siècle ; il fut construit par les ducs de Bretagne, comme ces forteresses qui devaient soutenir des sièges fréquents, sans ornements, mais non sans solidité.

Il occupe encore une immense surface, entourée autrefois de douves profondes; sept tours s'y adossaient, six y élèvent encore leurs machicoulis couronnés de lierre. Un pont-levis était placé devant la porte principale, que deux tours défendaient. Au-dessus de cette porte sont sculptés cinq écussons qui représentent des animaux et des armes.

Ce château fut assiégé, repris et repris bien des fois avant d'échoir au domaine royal sous François Ier, qui, par son mariage avec sa cousine Claude, la fille d'Anne de Bretagne et de Louis XII, scella l'union définitive de la Bretagne à la France.

Il servit aussi de point de ralliement aux chefs de l'armée royaliste, en 1795.

Tel qu'il est aujourd'hui, dans son délabremnt grandiose, il présente encore un ensemble à la fois majestueux et pittoresque.

Aussi ce fut avec un empressement mêlé d'un peu de frayeur, que les enfants pénétrèrent à la suite de M. Latudy et du guide dans ces salles immenses du rez-de-chaussée, à demi-ruiné, où leurs pas résonnaient, en réveillant tous les vieux échos endormis là depuis des siècles.

— Voulez-vous monter dans une des tours et suivre le chemin de ronde? leur demanda le jardinier.

— Oui, oui! crièrent les garçons.

— Je crois, cependant, reprit-il, qu'il ne serait pas prudent pour les petites filles de nous y suivre; le vertige pourrait bien faire tourner leurs légères têtes de mésanges.

— Nous voulons tout voir, père, protesta Louise.

— Venez, alors. Si je redoute un danger pour vous, je vous laisserai dans la tour, comme madame Marborough, et nous vous reprendrons au retour.

— Vous ferez bien, M. Lotudy, dit M. Thomas, plusieurs passages du chemin de ronde sont dangereux, malgré les rampes en fer qu'on y a scellées.

— Vous entendez, mes mignonnes! Il ne faut donc pas essayer de nous suivre. Je ne sais même pas si je dois emmener les gars?... ajouta M. Lotudy, en souriant malicieusement.

Ceux-ci se hâtèrent de protester.

— Ils sont agiles, répondit M. Thomas; puis il faut les aguerrir: les garçons doivent être habitués à tout.

— Vous avez raison, M. Thomas! crièrent-ils, enchantés d'être soutenus dans leur désir de tout visiter, puisqu'ils étaient venus pour cela.

Ils traversèrent une cour herbue, et franchirent une porte, au-dessus de laquelle est une croix sculptée dans la pierre. Un petit escalier se voit au fond de cette pièce; ils le gravirent et se trouvèrent bientôt au sommet de la haute tour.

Le panorama qu'on y découvre est très captivant.

Tout le monde s'accouda à la balustrade de pierre, dont les machicoulis s'étoilaient de giroflées aux fleurs d'or.

Anne, toujours désireuse de cueillir la moindre fleur, avança la main vers la touffe la plus belle, et, se penchant, elle l'attira à elle un peu brusquement. Toute la plante se déracina, entraînant avec elle une grosse pierre de la muraille. L'enfant, effrayée, lâcha le tout, et se rejeta en arrière avec un léger cri.

— Quelle force, petite Anne ! lui dit M. Lotudy en riant.

— Tu vas démolir tout le donjon si tu continues, ajouta Jean.

Tous rirent aux éclats. Mais la fillette ne partageait pas leur hilarité !

— Continuez votre visite si vous le voulez, dit-elle ; je ne vous accompagnerai pas dans ce château si peu solide ! Je ne désire pas tomber dans le gouffre, en m'appuyant sur ces pierres branlantes.

— Peu solide ! s'écria Jean. Mais il a résisté aux siècles.

— Je suis de ton avis, dit Louise ; asseyons-nous sur ce banc en attendant.

— Gardez Faraud avec vous, fit Yves.

Et la bonne bête, sur un signe de sa petite maîtresse, s'assit à ses pieds en la regardant de ses yeux vifs.

— A tout à l'heure, dit M. Lotudy ; nous serons bientôt revenus.

Ils prirent le chemin de ronde, assez dangereux en effet, surtout si l'on est sujet au vertige.

— Sans l'incident de la touffe de giroflée, reprit M. Lotudy, je ne sais comment nous aurions pu empêcher ces enfants de nous suivre, et vraiment ce passage n'est pas sans risques !

— Attendez la fin, lui répondit M. Thomas ; le chemin nord est encore plus redoutable.

4

Il fallut bientôt se tenir à la rampe de fer pour ne pas perdre l'équilibre. Les garçons se riaient de ces obstacles ; ils les franchissaient aussi lestes que de jeunes mousses.

— C'est vraiment une visite des plus intéressantes que celle de ce vieux castel, fit Yves. Que je voudrais revenir au temps où il était plein de seigneurs, d'écuyers, de pages !...

— A cette époque-là, mon gars, tu n'aurais pas été aussi libre que tu l'es, lui répondit M. Lotudy. Tous ces seigneurs ne t'auraient considéré que comme leur serf, taillable et corvéable à merci.

— Loin de moi la pensée de faire revenir ce temps de guerre et d'esclavage ! reprit le jeune garçon. Mais s'il m'était permis d'animer pour un instant ce château, si morne sous ses ruines, il deviendrait plus intéressant encore.

Ils revinrent à la tour où les petites filles arrangeaient leurs fleurs tout en causant, car elles avaient découvert de nouvelles giroflées, et cette fois les avaient cueillies sans encombre.

— Etes-vous satisfaits? dirent-elles aux jeunes gens qui venaient à elles, l'air épanoui.

— Charmés ! Venez maintenant avec nous voir les ruines de la chapelle.

Ils reprirent l'escalier et se retrouvèrent dans la première cour.

De la chapelle, il ne reste plus qu'une voûte ogivale, une fenêtre finement sculptée et un autel de pierre.

Dans les fossés du château, le guide leur fit remarquer l'ouverture d'un souterrain, obstruée par des ronces et des décombres.

— On n'a jamais cherché à débarrasser cette entrée, afin de le parcourir? interrogea Yves.

— Non! On craindrait sans doute les éboulements qui pour-
raient se produire sous ces voûtes si anciennes.

— Quelle mort on y trouverait! s'écria Louise.

— En fait de vieux château, dit Anne, j'aime bien mieux notre
ferme ensoleillée où je cueille des bouquets sans faire tomber les
pierres.

Ah! ah! s'exclama Jacques. Tu en veux encore à la vilaine
tourelle?

— Je n'aime pas les ruines, reprit-elle, c'est trop triste.

— Allons nous égayer en mangeant la bonne galette de mère,
alors, dit Yves.

Et, entourant de son bras la taille de la petite sensitive, il l'entraîna dans une prairie, au bord d'une source chantant à l'ombre d'un chêne.

— Venez vite! cria Anne, ravie, en s'asseyant sur une souche
veloutée de mousse. Yves nous a trouvé un si joli coin pour faire
la dînette!

Les autres enfants accoururent, suivis bientôt par M. Lotudy,
après un merci et une rétribution au guide.

La *dînette* fut servie, et déclaré délicieux le savoureux gâteau,
arrosé par le petit vin blanc de Rhuis.

— Il est tout de même imposant, ce château éclairé par le
soleil couchant, remarque Yves. Regarde-le, Anne, et tu en
conviendras.

— Non! fit-elle avec une jolie moue; ton château me fait peur.

— Allons, dit Jean, railleur, Anne n'était pas faite pour les
grandeurs!

— Non certes! reprit-elle avec chaleur. Je préfère ma vie simple et libre à tous les ennuis qu'éprouvaient ces pauvres châte-

laines dont parle l'histoire de France. Devaient-elles avoir peur
dans ces salles si grandes, lorsque leurs pères ou leurs maris les
quittaient pour aller guerroyer!

— Je suis comme toi, Anne, dit Louise; je n'aurais pas aimé
les grandeurs achetées par tant d'angoisses.

— Voici deux petites filles bien raisonnables, dit gaiement le
bon jardinier; elles se trouveront toujours heureuses dans leurs
milieu, quelque modeste qu'il soit, puisqu'elles ne porteront
pas envie aux plus riches. Vous avez bien raison, mes mignonnes; les richesses et les honneurs ne font pas toujours le bonheur. Pour être vraiment dans une complète félicité, il faut
savoir se contenter de son destin, et ne pas regarder au-dessus
de soi, mais au-dessous. Lorsqu'on peut satisfaire ceux avec
qui l'on vit, et encore faire l'aumône aux misérables, on doit
remercier Dieu.

Les enfants écoutaient et semblaient approuver ces sages
paroles de M. Lotudy; seul, Jean laissait ses yeux errer vers le
château, vraiment grandiose, sous les rayons empourprés du
soleil à son déclin.

Regrettait-il ce temps disparu, évoqué par son frère? Aurait-il
voulu commander en maître dans cet immense donjon?...

L'heure du départ avait sonné. Pierrot fut attelé à la voiture,
et nos petits amis, un peu las de ces diverses émotions, firent
presque silencieusement le trajet de Sucinio à la ferme des
Chênes.

Après de joyeux mercis, de cordiales poignées de main et
d'affectueux baisers, on se sépara en se disant : à bientôt.

Maurice et Noël faisaient la cueillette... (page 58)

V. — LES VENDANGES

Les vacances d'août arrivèrent, mais elles n'apportèrent pas à la ferme des Chênes les plaisirs promis. M. Kérel, le grand-père, étant un peu souffrant, sa fille n'avait pas voulu lui envoyer les enfants selon l'habitude, craignant de le fatiguer.

— Je t'approuve, tout en regrettant leur absence, lui avait répondu le vieillard; mais je ne pourrais leur donner cette année les distractions accoutumées, et j'en serais aussi attristé qu'eux.

Je ne veux pourtant pas rester tant de mois sans les embrasser; aussi, dès que mon rhumatisme me laissera la jambe libre, c'est moi qui irai les retrouver.

Et les enfants s'étaient rassérénés à la pensée de voir le grand-père aimé à la ferme pendant les mois d'hiver.

Yves avait fait ses adieux à son maître et à ses compagnons

de classe; il ne devait plus retourner à l'école de Sarzeau, et,
tout en regrettant cette vie d'études, qu'il aimait, il était joyeux
de se donner tout entier à ces travaux agricoles qui lui plaisaient
plus encore.

Levé dès l'aube, il s'occupait de toutes choses au grand con-
tentement de son père.

Sa mère lui disait parfois en souriant :

— Tu es encore en vacances, mon cher enfant, prends donc
quelques heures pour tes plaisirs.

— Je les trouve dans les champs, maman, et je ne suis jamais
plus heureux que d'y suivre mon père à toute heure.

Madame Le Nollec jetait sur son fils un regard de tendresse.
Elle aimait tant ce robuste gars, resté si tendre, qui, le matin et
le soir, lui tendait encore son front découvert, où nulle pensée
méchante ne s'était jamais cachée!

— Il a toute la belle nature de son père, se disait-elle parfois;
comme lui, il ne causera à sa famille que des joies.

Et, tout en ne faisant pas de préférence entre ses deux enfants,
elle ne pouvait s'empêcher de désirer que Jean ressemblât à
son frère au moral, et aimât comme lui cette science de la terre
qui les faisait si heureux dans leur ferme des Chênes.

Pour le moment, Jean ne paraissait pas se livrer avec ardeur à
ces travaux champêtres.

— Je suis en vacances!

C'était la phrase qu'il jetait, lorsque son père voulait l'occuper à la moisson, ou dans la ferme.

Jean emmenait parfois Anne à Sarzeau; elle était toujours en-
chantée de revoir Louisette, sa compagne préférée. Mais, le plus
souvent, c'était la ferme des Chênes qui réunissait tout ce petit

monde. Il venait même d'être décidé que Jacques et Louise viendraient y habiter pendant quelques jours pour aider à la cueillette du raisin.

La vendange! C'était une réjouissance pour la presqu'île entière! Quel plaisir de passer à travers les ceps chargés de grappes, et d'en remplir ses corbeilles! On en grappillait bien un peu, avec les grives et les merles, de ce beau raisin aux grains dorés, mais les gentils oiseaux en laissaient assez pour remplir le cellier de barriques pressées.

Les travaux de la moisson furent donc hâtés à la ferme, pour pouvoir se livrer sans ennui à la vendange, qui devait se faire plus tôt que de coutume; grâce au beau temps exceptionnel de l'été, le raisin était merveilleux.

Et le blé, battu par la grande machine grondeuse, fut entassé au grenier, les pommes de terre, ramassées soigneusement, et le maïs suspendu aux murs de la grange, pour être égrené au coin de l'âtre, pendant les longues soirées d'hiver.

Tout était prêt; le lendemain, on devait procéder à la cueillette attendue avec tant d'impatience.

Ce jour-là, il ne fut pas question de vagabondage pour Jean; il attendait son ami Jacques, et, levé un des premiers, il préparait soigneusement leurs deux hottes.

— Ah! cette fois, tu n'es plus en vacances? lui dit malignement son père.

Il sourit sans répondre. Mais Anne, qui avait toujours la riposte prompte :

— C'est la gourmandise qui l'attire, fit-elle. Ce qu'ils vont grappiller, Jacques et lui!...

— Tu ne te gêneras pas pour en faire autant avec ta Louisette, toi! répliqua-t-il, un peu vexé.

Quelques heures après, la joie fut complète, car la voiture de M. Lotudy amenait à la ferme la mère et les quatre enfants.

— Quelle bonne surprise, ma chère amie! s'écria madame Le Nollec, en accourant au-devant des arrivants.

— Il y a longtemps que je vous promettais ma visite, et me voici avec mes deux jumeaux.

Et, rieuse, madame Lotudy sauta lestement à terre, et descendit ensuite Maurice et Noël, qui criaient à tue-tête, de leurs petites voix d'oiselet :

— Nous venons vendanger; voyez nos paniers!

Et ils montraient d'un air fier deux minuscules paniers d'osier, qui pendaient à leurs côtés à l'aide d'un ruban bleu.

— Vous êtes acceptés avec joie, mes petits, leur dit sérieusement le fermier; les bras nous manquent cette année : la récolte est si belle! Et vous ferez deux fameux ouvriers.

— Vous nous resterez à dîner, Jacqueline? demanda M. Le Nollec.

— Certainement. Je ne repartirai que ce soir, après ma journée faite, en vous laissant Louise et Jacques.

— Vous êtes vraiment bien aimable!

— Mon mari aurait bien voulu m'accompagner, reprit la jeune femme, mais son travail ne le lui a pas permis; il me remplacera demain.

— Merci de votre empressement à nous aider! fit madame Le Nollec avec élan.

— Ne le faites-vous pas pour nous à l'occasion?

— En route, alors! dit le fermier.

Tous prirent leurs hottes et partirent pour les vignes.

Louise et Anne marchaient en avant, donnant la main aux jumeaux, qui allongeaient bravement leurs petites jambes pour les suivre.

La journée était splendide : le ciel était légèrement voilé des nuées blanches que septembre drape sur l'azur, et qui tempéraient un peu l'ardeur encore vive du soleil ; de gais oiseaux y voletaient en chantant ; une brise tiède passait, chargée des parfums grisants de la vigne.

Qu'ils étaient heureux, marchant librement sous le ciel étincelant, ces travailleurs de la terre ! Ils formaient un groupe joyeux, unis qu'ils étaient par l'amour de cette nature qui donne à l'âme la paix et la félicité.

Les travaux champêtres sont parfois pénibles ; il faut fouiller et bêcher avant que le champ ne rende la récolte ; parfois la tempête la détruit avant qu'elle ne soit mûre, mais ils ne se découragent pas, les bons cultivateurs, ils savent bien qu'en travaillant encore et sans trève, la terre leur rendra généreusement ce qu'ils auront semé.

On arriva bientôt aux vignes, dont les branches ployaient sous le poids des grappes.

M. Le Nollec se hâta de couper la plus dorée, et, l'offrant à madame Lotudy :

— A vous l'honneur, Jacqueline ! dit-il galamment.

Elle s'empressa de l'égrener en le déclarant exquis.

— A ton tour, Yvonne, reprit le fermier en tendant à sa femme une seconde grappe. Quant à vous, petits, mangez-en à votre aise, et, votre appétit calmé, mettez-vous sérieusement à la besogne.

Des troupes d'oiseaux s'envolaient des ceps, parmi lesquels de nombreux moineaux.

— Ah ! les pillards ! s'écria Yves, en désignant ces derniers; ils devraient être placés parmi les oiseaux nuisibles, car ils nous causent plus de dégâts qu'ils ne nous donnent d'aide.

Quelle joie pour les enfants de passer sous les feuilles dentelées, d'emplir leurs paniers, puis de le vider dans la grande voiture ! Elle fut bientôt pleine.

Maurice et Noël faisaient consciensement la cueillette, et leurs doigts menus arrachaient à la grappe les grains les plus blonds. Ils commençaient par les goûter, en se barbouillant du jus sucré et abondant, et mettaient le reste dans leurs corbeilles. Parfois ils trébuchaient sur les branches, et tombaient; mais ils se hâtaient de se relever sans larmes, et recommençaient leur petit manège.

A onze heures, mesdames Lotudy et Le Nollec reprirent le chemin de la ferme, afin de préparer le déjeuner; et vers midi tous y revinrent, disposés à faire honneur à l'appétissante soupe.

La voiture qui ramenait les enfants aurait tenté les pinceaux d'un artiste. Sur le devant, Anne et Louise s'étaient assises, ayant les jumeaux entre elles, et Yves avait trouvé charmant de les couronner de pampres. Ces feuilles, découpées et jaunissantes, se mêlant à leurs boucles brunes ou blondes, les rendaient délicieux à voir.

Les deux femmes furent attirées à la fenêtre par les chants et les éclats de rire de la petite bande, mise en gaieté par le doux breuvage.

— Oh ! le joli nid plein d'amours ! s'écria madame Le Nollec.

— Et des amours qui ont bien travaillé, dit son mari. Je suis très satisfait de vous, enfants, vous êtes de vaillants petits.

On dîna joyeusement, et la conversation fut mise sur les vignes, bien entendu; M. Le Nollec ne négligeaient jamais le côté instructif des choses et des plus petits évènements.

Il parla du terrain le plus convenable aux vignobles, puis des différentes maladies et des insectes qui leur nuisent.

— En Italie, dit-il, le climat est bien supérieur au nôtre pour la bonne venue des vignobles; aussi laisse-t-on la vigne se suspendre d'elle-même aux grands arbres en berceaux naturels, sachant bien que l'ardent soleil de cette terre bénie dorera les grappes à plaisir.

Ici, dans cette presqu'île exposée au vent de la mer, malgré sa douce température, nous devons tenir nos vignes très près du sol, afin de les faire profiter de la chaleur qui en sort.

— La terre doit-être remuée profondément avant de recevoir les plants de vignes, n'est-ce pas? demanda madame Lotudy.

— Oui, ma chère Jacqueline, reprit le fermier. Il faut aussi y ajouter de bon terreau; le terrain planté de vignes doit être riche en humus.

— Parle-nous des différentes maladies de la vigne, père? dit Yves, que cette conversation intéressait.

— Il y en a plusieurs, en effet; mais les deux principales sont l'oïdium et le phylloxera.

Le premier est un champignon très petit, qui s'attache aux feuilles et aux grappes, ne tarde pas à les envahir complètement, et, par suite, à les faire périr, si on ne l'arrête...

— Par le soufre, n'est-ce pas? reprit Yves.

— Oui. On applique le soufrage à trois reprises, de mai en

août. A l'aide d'un soufflet spécial, on répand cette poudre de soufre sur les parties atteintes, et, si l'opération est bien faite, le dangereux parasite est bientôt vaincu.

Mais le phylloxéra est bien plus dangereux encore. Celui-ci est un insecte qui nous a été importé d'Amérique, il y a une trentaine d'années. En cet espace de temps relativement court, il a ruiné bien des départements. Il a fait disparaître des vigno-bles entiers.

Cette affreuse bête microscopique ronge les petites racines, et parfois les feuilles mêmes de la vigne. Or, comme c'est par ses racines, vous le savez, qu'un végétal puise sa nourriture dans le sol, si elles lui manquent, il périt.

Le phylloxéra se multiplie à l'infini. Maintenant qu'on le connaît, on peut couper court à ses déprédations, mais il faut s'y prendre à temps.

— Comment s'aperçoit-on de la présence de cet insecte, ques-tionna Jacques, qui, lui aussi, écoutait très attentivement.

Les enfants avaient appris tous ces faits à l'école, mais en pleine vendange, ils frappaient davantage leur esprit.

— Dès qu'on voit les feuilles se flétrir, poursuivit M. Le Nollec, c'est que la vigne est attaquée par ses racines, comme le sont les plantes que ronge le ver blanc, cette terrible larve du hanneton, dont nous avons déjà parlé.

Et cet étrange mot phylloxéra l'explique; il est tiré de deux mots grecs : *phullon*, feuille ; *xeros*, sec.

Il faut alors essayer d'empoisonner l'insecte dévastateur par le *sulfure de carbone*. Mais parfois on arrive trop tard, et des hec-tares de vignes doivent être supprimés.

Et pour comble de malheur, certains de ces abominables insectes ont des ailes. Ils sortent de terre, et vont, emportés par le vent, infester d'autres vignobles.

.— Ajoute, Jean, dit madame Le Nollec, que le Nouveau-Monde, qui a doté l'Ancien de ce perfide insecte, tient à sa disposition des vignes sur lesquelles il n'a aucune prise.

— C'est vrai, dit encore le fermier. Certains plants de vigne d'Amérique ont des racines d'une dureté que ces infimes bestioles, cependant si à craindre, ne peuvent entamer. Or ces plants s'acclimatent très bien en France, et on a pu, grâce à eux, reconstituer les vignobles perdus.

Mais quelle dépense, quelle attente improductive !... Ah ! bien souvent ces vignerons ont dû être découragés ! On a vu des fortunes sombrer par la faute de cet insecte infiniment petit, si redoutable dans son inconscience.

—Allons, rejoignons nos vignes à nous, non phylloxérées, Dieu merci, et faisons encore de bonne besogne pendant cette fin de journée, dit M. Le Nollec en se levant avec un bon rire.

Tout le monde l'imita, et bientôt des chants joyeux s'égrenaient dans l'air, sous les verts festons des pampres.

Soudain on n'entendit plus le gazouillis des oiseaux.

Ce fut madame Lotudy qui les réclama la première : une mère n'est-elle pas toujours occupée de ses enfants ?

— Où sont tes frères, Louise ? interrogea-t-elle.

— Je les croyais près de toi, maman !

On chercha les deux mignons sans grande inquiétude, sachant bien que nul danger les menaçait, et on les trouva profondément endormis à l'abri d'un cep touffu.

Ils étaient adorables dans cette pose abandonnée d'enfants que le sommeil a surpris !

Leurs cheveux, embrouillés par les petites branches, auréo-
laient leurs fronts blancs; l'ombre des longs cils abaissés s'allon-
geait sur leurs joues roses, et leurs bouches en fleur souriaient à
leurs doux rêves. De leurs mains potelées, ils tenaient encore
les paniers à demi-pleins, et leurs petites jambes nues disparaissaient presque sous la queue de Faraud, endormi à leurs
pied.

La mère les contemplait, ravie. Un doigt sur ses lèvres, elle
appela d'un geste madame Le Nollec et les fillettes qui se trouvaient près d'elle.

— Qu'ils sont jolis! murmura Anne, en joignant les mains
comme en extase.

Faraud dressa l'oreille et entr'ouvrit ses yeux aux lueurs d'or;
mais voyant qu'il n'était entouré que d'amies, et que le sommeil
de ses petits protégés ne serait pas troublé, il reprit le sien en
remuant faiblement sa longue queue soyeuse et touffue.

— Laissons-les dormir, puisqu'ils sont bien couchés sur l'herbe
sèche et douce, et bien gardés par Faraud, dit madame Lotudy
en souriant

Et elle fit retomber une souple branche feuillue, afin d'éviter
un indiscret rayon de soleil qui menaçait les boucles blondes
de Maurice.

L'après-midi s'acheva, et les travailleurs furent tout étonnés
de voir le soleil s'incliner à l'horizon en leur annonçant l'heure
de la retraite.

Madame Lotudy, les jumeaux réveillés, était partie vers cinq
heures, en conduisant son cheval d'une main ferme. Elle laissait, selon sa promesse, Jacques et Louise à la ferme, à la grande
satisfaction des enfants et de leurs amis.

Aussi le crépuscule les réunit, joyeux, sous la grande cheminée, où flambait un joli feu de menues branches, rendu nécessaire par la fraîcheur du soir, après cette journée de fatigue au
grand soleil.

Les petites filles s'étaient pelotonnées dans le large fauteuil du
maître, et les gars leur faisaient face sur le banc de chêne.

Faraud et Grisette, la belle chatte à la robe de petit-gris,
s'étaient couchés devant l'âtre, en bons amis.

Ils étaient seuls dans la grande salle, qui, peu à peu, s'emplissait d'ombre; le repas s'étant prolongé, madame Le Nollec aidait
Claude dans la cuisine, et ils devisaient gaiement entre eux.
Le feu les éclairait par intervalles, et le ciel étoilé se voyait au-
dessus de leurs têtes, par la large ouverture de la cheminée.

Ce calme, cette demi-obscurité prêtaient aux histoires tragi-
ques; aussi Yves jeta soudain, dans un instant de silence :

— Qui raconte une histoire ?

— Toi, toi, Yves!... crièrent-ils tous en chœur.

— Voulez-vous celle du chevalier qui revient armé en guerre
dans la tour d'Elven ?

— Oui, oui !...

— Mais vous aurez peut-être peur, vous, les filles?

— Si l'on peut penser cela? fit Anne. Nous savons très bien
que les morts ne reviennent pas; n'était-ce pas Louisette?

— Certainement. Ces contes nous occupent un moment; mais
on en croit ce que l'on veut.

— Alors je commence.

Et Yves, qui était toujours le narrateur de la petite troupe, se
lança dans une histoire du temps passé tellement abracada-
brante, que les fillettes, malgré leur air dégagé du début, ne

purent s'empêcher de frissonner, et de se serrer l'une près de l'autre dans la pénombre de l'âtre immense, où le feu s'éteignait doucement.

Aussi, lorsque, le conte s'achevant, madame Le Nollec entra une lampe allumée à la main, soupirèrent-elles d'aise, soulagées de cette espèce d'angoisse où les avait plongées le trop bon conteur.

Et la soirée terminée, chaque groupe regagna sa chambre, où chacun dormit sans rêves, se reposant ainsi de la saine fatigue du travail des champs.

La cueillette du raisin se prolongea pendant quelques jours; puis ce fut le foulage des grappes dans la grange qu'on avait soin d'aérer avant d'entrer, afin d'éviter ce gaz dangereux, l'acide carbonique, qui se dégage par la fermentation.

Enfin le vin fut transvasé dans les tonneaux, et on le laissa se faire tout paisiblement, avant de le soutirer comme vin ou de le distiller comme eau-de-vie.

Les vacances s'étant achevées pendant tous ces travaux, les enfants reprirent chaque jour la route de Sarzeau, excepté Yves qui resta à la ferme, tout entier voué à la vie champêtre qu'il aimait.

Il fallait s'occuper des semailles : fumer la terre, la labourer, y tracer des sillons, et y jeter à pleines mains les précieux grains de blé.

Le récit du grand-père. (page 70)

VI. — Joies intimes

Les mauvais jours sont venus, enveloppant la nature d'un manteau de brume. Novembre s'est écoulé, avec ses jours courts, et ses nuits déjà longues. Décembre aussi touche à sa fin.

C'est avec joie qu'on les voit disparaître ces *mis-dus* — mois noirs — où la campagne, que nul chant d'oiseau n'égaie, semble morte.

Morte? Oh! non! Elle ne fait que sommeiller, la bonne nature, et l'espérance point déjà dans les sillons que le patient laboureur a tracés et ensemencés. De minces tiges vertes y frissonnent sous la bise ; il en sortira les épis d'or qui le paieront de sa peine en emplissant ses greniers des grains blonds; changés en blanche farine, ils donneront le pain, ce bon pain quotidien que chaque jour nous demandons à Dieu.

A la ferme des Chênes, les fermiers regardaient avec joie ce bel espoir de récolte. La saison était propice aux semailles; après des pluies vivifiantes, un temps sec, un peu frais, était survenu, et les blés croissaient avec une vigueur étonnante, sous ce ciel constellé de légères nuées blanches, où se montrait un pâle soleil d'hiver.

Le grand-père Kérel avait tenu sa promesse; laissant sa maisonnette et son jardin aux soins de sa cousine, il était depuis un mois à la ferme. Soigné, dorloté par les parents et les enfants, il y retrouvait une nouvelle jeunesse.

Les vilains rhumatismes n'osaient pas revenir l'attaquer; il se tenait si bien au chaud, assis dans le grand fauteuil placé dans l'âtre! Et les jours s'écoulaient, charmeurs pour lui avec ces petits-enfants, vrais rayons de soleil éclairant le temps le plus sombre.

— Vous devriez rester toujours avec nous, père? disait madame Le Nollec, en surprenant une gaieté dans les yeux du vieillard.

— Je le ferais, ma fille, répondait-il avec enjouement, si la mer était à ta porte; mais elle est trop loin de moi, vois-tu, et je ne puis vivre sans elle.

— Vous l'aimez trop, grand-père, cette mer vagabonde, disait à son tour le fermier en riant. Vous oubliez donc qu'elle vous a donné vos rhumatismes!

— Elle! Jamais, fils! C'est à terre que je les ai contractés; en mer je n'en ai jamais souffert.

Oui, voyez-vous, reprenait-il, il me faut ma barque pour me bercer sur ces flots amis, et je ne les quitterai que lorsqu'il faudra entreprendre le grand voyage dont on ne revient pas.

— O grand-père ! s'écriait Yves, ne parlez pas de ces tristes choses ! Vous êtes jeune et fort encore, et nous vous garderons longtemps avec nous.

— Cet *encore* et ce *longtemps,* mon cher enfant, prouvent bien que je ne suis plus jeune, et que je ne pourrai rester toujours parmi vous. Il faut donc s'habituer à cette pensée de la séparation, afin de n'en être pas foudroyé.

— Allons, quittons ce sujet attristant, grand-père, et profitez de ce rayon de soleil pour venir avec nous voir pousser les blés.

Et le fermier tendait à l'aïeul sa canne et son chapeau, et tous deux s'acheminaient vers les champs.

C'était une famille heureuse qu'abritait la ferme des Chênes ! Unis dans le travail et dans le bonheur, les braves gens qui la composaient y avaient vécu jusqu'alors libres de soucis, sans un point noir à leur horizon. Mais souvent dans le plus beau ciel se forme un nuage, qui, léger d'abord, tachant à peine son azur, ne tarde pas parfois à l'envahir presque complètement.

On se préparait ce soir de décembre à célébrer la Noël chez M. Le Nollec, cette fête intime par excellence. On ne faisait pas le réveillon traditionnel, les enfants étant trop jeunes pour veiller si tard ; c'était le soir même de Noël que le repas familial avait lieu.

Déjà une immense souche moussue avait été installée dans l'âtre, et le grand-père dit, en y mettant le feu :

— Que le feu brillant, doux soleil de l'hiver, ne s'éteigne jamais dans l'âtre devant lequel se rangent surtout les enfants et les vieillards !

— Ainsi soit-il ! murmura madame Le Nollec.

Un bon dîner fut bientôt servi, où apparut l'oie rôtie habituelle, dont le fumet se répandit dans la vaste pièce.

— Ah! mes enfants, que je suis heureux parmi vous! dit le vieillard, en découpant la superbe bête, fourrée de marrons, ces truffes de la Bretagne.

— Nous aussi grand-père, nous aussi, répondirent-ils joyeusement:

— Vous nous raconterez un beau voyage tout à l'heure, dites, bon papa? implora Anne, qui adorait ces récits des pays lointains, si bien dépeints par le capitaine.

— Certainement, ma mie. Mais pourquoi n'as-tu pas mis ton sabot dans la cheminée?

— Vous me l'auriez rempli? fit-elle, rieuse.

— Ah! mignonne, tu ne crois plus aux présents de Noël?

— Je suis trop grande maintenant; c'est bon pour les tout petits.

— Moi, j'y placerais bien encore le mien, dit Jean. Qu'importe qui le visite, si je le trouve plein!

— Quand je vous disais que Jean n'est qu'un gourmand!

Et Anne menaçait le jeune garçon du doigt.

— A la place de mère, je sais bien ce que je ferais, reprit-elle.

— Quoi donc? interrogea madame Le Nollec.

— Le gourmand ne trouverait que des verges, dans son sabot.

— O Anne! combien tu es méchante pour ton frère! fit la mère d'un ton de doux reproche.

Jean ne dit rien, mais il lança un mauvais regard à sa cousine. Yves riait.

— Je voulais plaisanter, maman, répondit Anne vivement. Il ne faut pas m'en vouloir, Jean!

Et sa main se tendit vers lui.

Il eut l'air de ne pas voir le geste conciliant, mais le grand-père, qui les séparait, prit les petits doigts blancs et les réunit à ceux de Jean.

L'incident fut clos ainsi.

Soudain on entendit des pas de sabots au dehors.

— Je suis sûr que ce sont les petits chanteurs de Noël! dit Yves.

En effet, des voix claires s'élevèrent, qui chantaient une lente mélopée sur un air berceur.

> Il est à l'Eternel, le jour de Noël.
> » Il est à l'Eternel !... »

— Ouvre la porte, Claudine, fit M. Le Nollec, et invite ces garçons à entrer.

Et bientôt une demi-douzaine d'enfants, tout roses du vent du soir, firent irruption dans la salle.

— Chantez, mes gars, leur dit le grand-père, et vous aurez votre part du festin.

Ils chantèrent à l'unisson, à la grande joie des enfants qui les écoutaient, ravis.

C'est la coutume dans cette partie de la Bretagne de chanter Noël, les Rois, Pâques, et les ménagères ont toujours quelques dons à déposer dans les paniers des petits pauvres. C'est ce que fit madame Le Nollec qui s'était dirigée sans bruit vers la cuisine.

— Une bonne rasade de vin blanc maintenant ! dit M. Le Nollec aux chanteurs ; il faut prendre des forces pour continuer votre tournée.

Et les jeunes gens s'éloignèrent, après avoir souhaité un bon Noël à tous.

— Maintenant la belle histoire, grand—père ! dit Anne qui ne perdait jamais la mémoire de ce qu'on lui avait promis.

Elle courut arranger le coussin du fauteuil, et vint chercher M. Kérel pour l'y mener.

— Comment lui résister ? disait-il en s'y laissant conduire. Elle est si gentille !

Tous sourirent en regardant l'enfant aimée, tous, excepté Jean qui, lui non plus, n'oubliait rien. Il en voulait à sa cousine de sa moqueuse repartie, et malgré ses excuses, son caractère boudeur ne désarmait pas.

Il prit quand même sa place sur le banc de l'âtre, et s'intéressa bientôt comme les autres au beau récit du grand-père.

Elle était captivante, en effet, cette narration du naufrage, dont le capitaine pouvait parler sciemment puisqu'il en avait été le principal acteur. Et dix heures avaient sonné au coucou de la salle que les enfants écoutaient encore.

Tout en regagnant leurs chambres, après des baisers affectueux au conteur pour remerciments, Anne dit à Yves :

— Je ne m'étonne plus si tu racontes si bien !

— Pourquoi ? fit-il, surpris.

— C'est un don que tu tiens du grand-père. Or, tu ne peux avoir que des qualités : grand-père est si bon.

— Oh ! oui ! firent les deux frères du fond du cœur.

— Allons, adieu ! dit-elle, en leur tendant sa tête blonde.

Yves, charmé de la comparaison, embrassa affectueusement la gentille fillette, et Jean, oubliant son mouvement mauvais, lui donna aussi un cordial baiser.

On ne célébrait pas que la fête de Noël à la ferme; celle des Rois y était aussi bien joyeuse.

C'était madame Le Nollec qui le pétrissait, ce beau gâteau breton, et la fleur de farine, le beurre, les œufs, le sucre s'y mélangeaient, parfumés d'angélique et de zeste d'orange. Il était fait dès la veille, et son arôme exquis emplissait tout le logis. Un haricot y était glissé : il fallait bien élire un roi ou une reine, afin de rendre la fête plus gaie encore !

C'était le dimanche soir seulement de l'Epiphanie que l'on partageait l'immense gâteau, et, dans l'après-midi, arrivaient Louise et Jacques Lotudy, qui, ce soir-là, couchaient à la ferme.

Leurs parents, ne voulant pas quitter les petits jumeaux, trop jeunes encore pour prendre part au festin, se dédommageait le dimanche suivant en recevant toute la famille Le Nollec, mais au repas de midi, afin que le dérangement fût moins grand pour les travailleurs.

Anne, dès le matin, faisait la toilette de la salle, pour recevoir les petits invités; mais elle refusait l'assistance de ses cousins.

— Les garçons, disait-elle, avec dédain, ne sont bons qu'à apporter le trouble pour ces choses du ménage!

Aidée de Claudine, toujours heureuse de ces fêtes intimes où elle était regardée comme de la famille, elle courait au jardin, et cueillait de grandes branches de houx, aux graines rouges éclatant entre les feuilles lustrées, de romarin au frais parfum, quelques roses de Bengale, et quelques ellébores justement nommées les roses de Noël, et en formait de belles gerbes sur la cheminée et le dressoir.

Le bouquet de la table était toujours apporté par Louisette, et

composé des fleurs les plus rares et les plus parfumées que le
jardinier conservait avec soin sous des chassis vitrés.

Anne préparait ensuite les coupes de fruits : les noix fraîches,
les pommes, ridées comme des visages de grand'mères, et aussi
bonnes, aussi tendres qu'elles. Claudine frottait les meubles en
vieux chêne et les rendait brillants comme des miroirs.

Puis, dès que le dîner de midi avait été pris, avec Claudine
encore, Anne dressait la table. Elle la revêtait d'une belle nappe
damassée, d'assiettes fleuries, de verres fins, et, aux places
d'honneur, elle plaçait les couverts d'argent, présents du grand-
père. Elle posait au milieu la corbeille qui devait recevoir les
fleurs de Louise.

Elle songeait ensuite à s'habiller. Elle choisissait sa robe la
plus claire, et plaçait dans ses cheveux d'or un nœud de ruban
bleu, sa couleur favorite.

Et lorsque les amis arrivaient, les frères étaient admis avec
eux à admirer la salle bien parée.

Cette année, le capitaine avait aidé en tout pour cette parure.

— Pourquoi ne renvoies-tu pas grand-père, Annette? avait
demandé Yves. C'est un homme, pourtant !

— Oui ; mais pas un garçon turbulent et tapageur. Un grand-
père d'abord sait tout faire, et le nôtre en particulier est plus
habile que tous.

Et après cette riposte, elle avait prestement fermé la porte au
nez de ses cousins, qui, pour se consoler, étaient allés faire une
grande partie de billes sur l'aire. Car, bien que Yves fût devenu
déjà un vrai petit fermier, il ne dédaignait pas, le dimanche, de
jouer à la toupie ou aux billes.

Vers deux heures, l'on vit arriver une voiture : c'était celle de M. Lotudy. Il s'y trouvait avec sa femme, Jacques et Louise.

— Bonjoûr! bonjour!... crièrent les enfants, qui guettaient les arrivants depuis quelque temps, en s'étonnant de ne pas les voir surgir. Vous resterez tous, n'est-ce pas?

— Oui, répondit madame Lotudy en acceptant la main que lui tendait M. Kérel pour l'aider à descendre. Nous voulons faire honneur au capitaine, et nous assisterons à la fête des Rois.

— Que vous me rendez heureux, Jacqueline! dit le vieillard les yeux illuminés.

— Merci! fit madame Le Nollec toute joyeuse aussi. Et les jumeaux, où sont-ils donc?

— Trop petits pour veiller si tard, répondit M. Lotudy, ils sont restés à la garde de notre cousine Julie.

— Mais nous aurions pu préparer ce repas pour midi, si vous nous aviez dit un mot de votre aimable intention, mes chers amis.

— Non, non, Yvonne, nous ne voulons changer en rien à vos habitudes, reprit madame Lotudy; puis les enfants sont encore petits pour se bien tenir à table.

— Comment avez-vous pu partir sans eux?

— Cousine Julie leur préparait des crêpes au moment du départ; puis ensuite elle leur racontera ses plus belles histoires, et ils les aiment tant!

— Vous resterez tous coucher à la ferme, n'est-ce pas? interrogea Anne.

—Impossible, ma chérie; Maurice et Noël nous réclameraient. Mais tranquillisez-vous, ajouta l'excellente femme, en voyant les petits airs désappointés de la fillette et de ses cousins, nous vous laisserons Louise et Jacques, comme d'habitude.

Et ce furent des cris de joie à cette nouvelle.

M. Le Nollec se montra alors sur le seuil de la porte :

— Entrez vous réconforter par un bon verre de vin chaud, mes amis, fit-il. Je viens d'en préparer un bol immense : je crois que je prévoyais votre venue.

Tous entrèrent en riant, pendant que Pierre dételait le cheval et le menait à l'écurie.

Ce furent des cris d'admiration et de félicitations sans nombre à l'adresse de Anne en voyant la salle si bien décorée, et la table dressée avec tant de goût.

— Je vais ajouter deux couverts, dit la petite fille.

Et ses grands yeux bleus brillaient de plaisir et de fierté. Ils brillèrent encore davantage lorsque Louise lui tendit son panier fleuri.

— Des roses, des œillets, des violettes !... disait-elle toute extasiée.

Et, les portant à ses fines narines roses, elle les baisait autant qu'elle les respirait.

Avec un art vraiment étonnant chez une enfant si jeune, elle les eut bientôt disposées, avec de légères verdures de tuya, dans la corbeille au milieu de la table.

— Nous mettrons le repas à cinq heures, ma chère Jacqueline, dit madame Le Nollec, de cette façon vous pourrez vous en retourner quand vous le voudrez.

— Merci, Yvonne. Les petits aiment bien la cousine Julie, mais ils préfèrent encore leur maman.

— Ils dormiront lorsque nous rentrerons, femme; puis la soirée sera si belle! La lune va bientôt se lever.

Le temps, en effet, était exceptionnel pour la saison, même en cette privilégiée presqu'île de Rhuis; ce qui faisait dire au capitaine, en branlant la tête :

« *Noël au pignon, Pâques au tison !* »

— Espérons que non, grand-père, répondait le fermier. Vous savez bien, qu'à part quelques jours un peu frisquets, nous n'avons jamais d'hiver sur nos côtes.

Les enfants s'étaient dispersés comme une bande d'oiselets. Les petites filles se rendirent au mur des abeilles. Elles étaient encore cachées dans leurs alvéoles, mais l'air tiède de cet hiver exceptionnel avait déjà fait s'ouvrir quelques pervenches, à l'azur un peu pâli, qui brillaient parmi les feuilles comme de doux yeux. Les garçons commencèrent une partie de toupies, le jeu en faveur en ce moment parmi les écoliers.

Pendant que madame Lotudy, ayant enveloppé sa jupe de fête d'un grand tablier blanc, aidait son amie et Claudine à la cuisine, les hommes, assis sous la vaste cheminée, discutaient tranquillement. Et les grillons de l'âtre accompagnaient la conversation de leur chanson monotone.

A cinq heures, la grande lampe fut allumée, et le potage fuma bientôt sur la table autour de laquelle tout le monde se plaça. Claudine et Pierre, en l'honneur des Rois, y avaient leurs couverts, et ils n'étaient pas les moins gais de la société.

Le repas fut déclaré exquis, et, lorsque le beau gâteau apparut, ce fut un triomphe de plus pour madame Le Nollec. Jamais plus appétissante pâtisserie n'avait réjoui les yeux et l'odorat, avant de réjouir messire *Gaster*.

— Cache-toi sous la table, Anne, dit M. Le Nollec, ta mère va distribuer les parts.

Et selon l'antique coutume qui charmait toujours les enfants, madame Le Nollec interpella la fillette dissimulée sous la nappe.

— *Phœbe?* dit-elle.

— *Domine!* répondit l'enfant.

— Pour qui? reprit la fermière.

— Pour le pauvre.

Et la première part, la part la plus grosse fut mise de côté.

— Ils ne tarderont pas à arriver, les petits chanteurs, fit M. Lotudy en riant; ils savent bien le jour de chacun pour *casser* le gâteau.

Lorsque tous les morceaux furent donnés, les enfants cherchèrent avec émoi la fève cachée dans la pâte sucrée et parfumée.

— C'est moi qui l'ai!... s'écria Louise, avec une joie très évidente.

— Louisette est la reine! Qu'elle se choisisse un roi!...

Tel fut le cri des convives.

— Veux-tu l'être, Jean? dit la fillette.

— Volontiers, Louisette.

Et ce furent des exclamations délirantes, lorsque la reine ou le roi portait le verre à ses lèvres.

— La reine boit!... Le roi boit!...

Douces fêtes intimes, quel bonheur vous apportez parmi ces familles unies! Quels souvenirs vivaces de joies sereines vous laissez dans les cœurs!

Soudain on entendit un chœur retentir à la porte : c'étaient encore les petits pauvres qui réclamaient la part réservée. Ils chantaient :

> « Au château, la métairie,
> » Que Dieu garde la compagnie.
> » Vous savez ce qui nous mène
> » Ici, dans ces lieux... »

Anne, sur un signe de sa mère, prit l'énorme morceau de gâteau, et, ouvrant la porte, le donna à la première main tendue.

Et ce furent des mercis qui réveillèrent tous les échos de la vieille demeure.

La bande rieuse s'éloigna en chantant, sous les blonds rayons de la lune qui glissait, pure et calme, dans l'azur assombri du ciel.

Les chants retentirent aussi dans la salle, et les belles poésies des grands poètes furent déclamées, et très bien, ma foi ! par ces bouches roses. On voyait que les enfants profitaient des conseils donnés par leurs maîtres à l'heure de la récitation.

— Il faut *choquer* son verre pour féliciter ces petits ! dit le capitaine, en élevant le sien où brillait un vin couleur de topaze.

Tous les verres se tendirent pour trinquer au bonheur de tous, selon la vieille mode bretonne.

— Que nous soyons toujours réunis sur cette presqu'île que tous nous aimons ! formula le fermier d'une voix émue.

— Oui, toujours ! répéta sa femme.

— Où irions-nous pour être plus heureux ? s'écria madame Lotudy avec élan.

— Ah ! que tu as raison, maman ! fit Jacques. Moi aussi, je veux y demeurer toujours et y devenir comme mon père un bon jardinier.

— Et moi un bon fermier comme le mien, dit Yves à son tour.

— Nous y resterons aussi! s'écrièrent en chœur les deux fillettes.

— Et toi, Jean, dit alors M. Kérel, tu ne dis rien?,

— Nous sommes trop jeunes encore pour dire ce que nous voulons faire, répondit-il évasivement.

Monsieur et madame Le Nollec échangèrent un regard. Leurs pressentiments se réaliseraient-ils? Est-ce que cet enfant avait d'autres visées que celles de faire, ainsi que le disait Yves, un fermier comme son père?...

— Ah! mon gars, reprit l'aïeul, je crois que tu as envie de courir les aventures. Seras-tu marin comme ton grand-père?

Mais qu'importe! tu peux mêler ta voix à ce concert en faveur de la terre natale, car si la destinée nous entraîne loin d'elle, nous n'avons qu'un désir au cœur! y revenir.

— Bravo! grand-père, fit M. Le Nollec; voilà qui est bien parlé!

— Et pour vous le prouver, reprit encore le vieillard, je vais vous chanter la ballade du gars breton :

« Que j'aime ma bruyère,
» Et mon clocher à jour!... »

Et chacun applaudit la voix encore vibrante du capitaine.

Lorsque Monsieur et Madame Lotudy partirent, en laissant les enfants à la ferme selon leur promesse, ce fut en se promettant aussi de revenir l'année suivante goûter encore les plaisirs de cette réunion intime.

Des exclamations saluèrent sa venue. (page 85)

DEUXIÈME PARTIE

DÉSILLUSIONS

I. — QUATRE ANS APRÈS

Quatre ans se sont écoulés depuis le jour où nous avons ren-
contré Anne et ses cousins au retour de la classe, sur la route de
Sarzeau ; quatre années pendant lesquelles ils ont travaillé cou-
rageusement, chacun dans sa sphère.

Yves, qui a aujourd'hui dix-huit ans, est devenu un fermier
aussi intrépide, aussi instruit que son père, comme il en avait
le désir lors de cette soirée des Rois. Ces deux natures se com-
plètent l'une l'autre, et jamais domaine ne fut administré comme
celui de la ferme des Chênes.

Là, point de terrain en jachère; à une culture succédait une nouvelle culture. Le champ de blé, soigneusement fumé, recevait ensuite des pommes de terre ou du maïs, et chaque année il donnait sa récolte.

Le paysan qui ne craint pas sa peine, ne craint pas non plus la misère; intelligemment cultivée, la terre le paie au-delà de ses efforts.

Jean, à quatorze ans, aurait dû quitter l'école, comme son frère l'avait fait; mais il était si chétif, si peu développé pour son âge, que, sa mère redoutant les travaux parfois rudes des champs à l'époque de cette croissance difficile, on était convenu qu'il y resterait encore une année.

Le jeune garçon avait paru très satisfait de cette détermination. A cette vie libre et saine des champs que menait son frère, il préférait les études et la claustration de la classe.

Anne était aussi très contente de pouvoir continuer, en compagnie de son cousin, à faire cette course si souvent répétée de la ferme à Sarzeau.

Si Jean n'avait pas la nature franche et sympathique d'Yves, il était quand même affectionné par sa cousine, dont l'âme exquise aimait tout autour d'elle : gens, animaux et choses. Du reste, Jean avait aussi beaucoup d'amitié pour elle, et la fillette avait sur lui plus d'influence que la mère elle-même.

Il obéissait volontiers à un signe de son doigt frêle; lui, toujours disposé à s'éviter certains travaux des champs, les faisait de bonne grâce, si Anne devait les partager.

Lorsque la fin de l'année scolaire arriva, M. Le Nollec alla à Sarzeau avec son fils, afin de remercier l'instituteur de ses bons soins.

— J'allais aller chez vous, cher monsieur, lui dit ce dernier, pour vous entretenir justement de Jean et de ses études.

— N'en seriez-vous pas satisfait?

— Au contraire! Il travaille très bien, et si ce n'était la question de l'âge, il serait à même de passer les examens du brevet élémentaire.

Aussi, M. Le Nollec, je voulais vous demander de me le laisser un an encore, pour lui permettre d'obtenir ce diplôme.

— Vous oubliez, Monsieur, que je ne veux pas faire de mon fils un instituteur, mais un fermier. Cette année de plus ne le rendra pas beaucoup plus instruit, et il me sera d'un grand secours à la ferme, maintenant que sa constitution est devenue meilleure.

— Il acquerra une instruction plus solide, M. Le Nollec.

Un fermier n'est jamais trop instruit; il lui faut une instruction plus développée aujourd'hui qu'autrefois, pour appliquer avec fruit les méthodes nouvelles, et faire marcher toutes ces machines qui rendent le travail plus facile.

Après cette satisfaction du brevet remporté, il vous reviendra plus joyeux à la ferme : n'est-ce pas, Jean?

— Oh! oui, Monsieur!... avait répondu le jeune garçon.

— Voyez Yves, dit encore le fermier; il a quitté l'école à quatorze ans, et il n'a besoin de personne, je vous assure pour écrire, faire ses comptes et comprendre tous les journaux d'agriculture auxquels il s'est abonné, car il continue à s'instruire.

— Yves était en classe un sujet exceptionnel; son intelligence s'assimilait toutes sciences d'une façon merveilleuse, et si vous aviez voulu le pousser vers les hautes études, il aurait vu toutes les portes s'ouvrir devant lui.

6

— Il est bien plus heureux ainsi! s'était écrié M. Le Nollec.

— Je suis parfaitement de votre avis ; puisque ses goûts et son éducation l'entraînaient dans cette voie, il a très bien fait de s'adonner aux travaux de la terre. Il deviendra un agriculteur distingué.

— Je l'espère avait répondu M. Le Nollec. Pour en revenir à Jean, qui ne montre pas la même ardeur que son frère pour l'agriculture, il serait temps qu'il s'en occupât. Et malgré tous vos arguments, je l'y mettrai cette année.

Mais l'instituteur avait persisté à plaider la cause de son élève.

— M. Lotudy est moins récalcitrant que vous, M. Le Nollec, il me laisse Jacques. Vous ne voudriez pas me priver de la joie de présenter votre fils avec son ami? Ce sera un triomphe pour moi, car ils seront reçus, et dans un bon rang.

Et son air suppliait.

M. Le Nollec était perplexe.

— Après l'obtention de ce brevet, te livreras-tu complètement aux travaux de la ferme? demanda-t-il à son fils.

— Oui, père, avait répondu le jeune homme.

— Eh bien! je consulterai ma femme, M. Martial, et si elle est de votre avis, Jean vous reviendra en septembre.

Et madame Le Nollec, sachant bien que son fils cadet ne possédait pas l'instruction de son aîné, avait insisté auprès de son mari pour le laisser travailler encore.

Selon l'espoir du maître, Jean avait été reçu, ainsi que Jacques, au mois de juillet suivant.

Maintenant, avec Anne qui avait aussi bien profité des leçons de son instituteur, il s'apprêtait à aller passer les vacances chez M. Kérel, à l'Ile-aux-Moines.

Yves n'était pas compris dans cette excursion, mais sa mère remarqua son mutisme lorsqu'on en parlait, et elle fit part de cette observation à son mari.

— La moisson est terminée, ajouta-t-elle, la vendange est loin encore : ne pourrais-tu te passer de ton fils Yves?

— Mais parfaitement! Si tu crois qu'il tienne à accompagner Anne et Jean, je le verrai partir avec plaisir. Il me manquera, certainement; chaque jour je le chercherai, mon grand fils! Il est si intelligent, si courageux, si aimant!... Ah! si son frère pouvait lui ressembler moralement, quelle joie pour moi!

— A ton contact, à celui de Yves, il se formera peu à peu; tu verras, mon ami.

— Dieu t'entende, ma chère femme! Je serais si heureux de m'appuyer sur mes deux gars! Notre vie a été jusqu'ici dénuée d'alarmes, mais si je voyais l'un d'eux déserter son poste, mon horizon s'obscurcirait soudain. Et, je le répète, j'ai été jusqu'à ce jour le laboureur dont parle Virgile : « Heureux l'homme des champs, s'il connait son bonheur! »

Le soir, au souper, Yves fut questionné au sujet de ce départ pour l'île.

— Tu peux t'y rendre si tu le désires, mon fils, lui dit son père, je puis bien te donner quelques jours de vacances, tu travailles assez pour cela.

— Vraiment, père, tu me laisserais partir?

— Volontiers, si tu en es satisfait.

— C'est là mon désir le plus cher!

— Pourquoi ne pas nous le dire ? lui reprocha doucement sa mère.

— Oh! fit le jeune homme en rougissant un peu, ce n'est pas

dans mes habitudes d'être caché, n'est-ce pas? Mais je craignais de paraître trop enfant à vos yeux en réclamant encore des vacances.

— L'homme en a besoin comme l'écolier, reprit M. Le Nollec. Prépare ta malle, et amuse-toi bien.

— Je suis tellement contente d'être accompagnée par Yves, dit Anne qui avait écouté le débat en silence, que je vais lui faire part de la surprise destinée au grand-père. J'étais très offensée, vois-tu, méchant, en constatant ton dédain des vacances, et tu n'aurais rien su avant mon départ, si tu ne t'étais rendu à mes secrets désirs.

— Dis-là, ta surprise ! fit le jeune homme, amusé par ce gentil babil.

— Je vais revêtir mon premier costume de grande fille pour aller chez grand-père, dit-elle avec emphase. Tout est prêt : la longue jupe garnie de velours, le tablier, le mouchoir, la guimpe et la coiffe !...

Et elle regarda tour à tour ses deux cousins pour saisir sur leurs visages les impressions ressenties.

M. et Madame Le Nollec souriaient.

Yves semblait radieux; dans les yeux de Jean, au contraire, passa une mauvaise lueur.

— Que tu seras gentille ainsi! fit le premier.

— Pourquoi ne pas garder ton chapeau? demanda le second. Ta position et ton instruction te le permettent : Tu n'es pas une simple fille de la campagne.

— Si, j'en suis une! Et je veux échanger mon chapeau contre cette coiffe que ma mère a portée, que ma seconde mère porte : n'ai-je pas raison, dites?

Et son beau regard les interrogeait les uns après les autres.

— Oui, tu as raison, dit le fermier gravement, et Jean est un sot de ne pas le comprendre. Pour ne pas en arriver peut-être, à dédaigner la condition des parents, il faut suivre la voie qu'ils ont suivie, avec le même costume qu'eux.

Jean baissa la tête, maussade, et ne répondit pas.

Pour affacer ce léger nuage, Anne s'écria :

— Voulez-vous que je m'habille dans mes nouveaux vêtements ?

— Oui, oui ; va t'en revêtir, ma petite Anne, fit Yves.

Et la jeune fille disparut dans sa chambre.

— Quel est ce mauvais mouvement d'orgueil, Jean ? reprit M. Le Nollec. Pourquoi trouves-tu étrange que ta cousine prenne la coiffe ?

Le jeune garçon rougit.

— Parce que je la trouve très bien dans sa robe de ville, dit-il ; sera-t-elle aussi gentille en coiffe ?

— N'en doute pas, affirme madame Le Nollec ; notre costume sied à toutes, jeunes comme vieilles.

— Et si Anne quitte la campagne pour la ville ?... poursuivit Jean, en achevant de dévoiler sa pensée.

— Oh ! cela, je ne le crois pas, dit Yves vivement. Anne est une fille trop sensée pour laisser sa famille, où elle est adorée, et sa ferme, qu'elle aime tant.

L'entrée de la fillette mit un terme à la conversation.

Des exclamations saluèrent sa venue. C'est qu'elle était vraiment charmante sous sa nouvelle parure !

Grande et mince, n'ayant pas la gaucherie de son âge, justement appelé l'âge ingrat, Anne portait royalement ce pittores-

que costume des îles. Une longue jupe d'un gris doux, cerclée
de velours, dont les larges manches du corsage, aux dessous de
dentelle, laissaient voir ses bras blancs et délicats; un mouchoir
crême, enguirlandé de roses au menu feuillage, brodé des soies
les plus fines, et qui se drapait en guipure blanche; un coquet
tablier de soie noire à la piécette attachée par des épingles bril-
lantes, et la coiffe aux longs pans en mousseline diaphane, laissant passer deux bandeaux d'or, auréolant le front de bouclettes
légères.

C'était un délicieux pastel, apparu soudain dans la salle,
sous les rayons pourprés du soleil couchant.

Anne avait tenu toutes les promesses de son enfance. A quinze
ans, elle offrait les mêmes yeux d'un bleu intense et lumineux,
la bouche fraîche, le front d'albâtre, au nez droit, dont les narines
mobiles palpitaient à toutes ses impressions, et ce teint rosé,
ainsi qu'un pétale d'églantine.

— Je crois revoir ma pauvre sœur! murmura madame Le
Nollec.

Et ses yeux s'emplirent de larmes.

L'oncle, tout à son admiration, n'avait que des sourires pour
l'enfant qui les regardait tour à tour de ses yeux aimants. Si elle
avait donné tout son cœur à ces êtres chers qui l'entouraient,
elle avait bien pris tous les leurs par sa nature affectueuse et
son charme incomparable.

— Que ton grand-père sera heureux en te voyant ainsi! s'écria
madame Le Nollec.

Heureux et triste à la fois, ajouta-t-elle tout bas; car lui aussi
pensera à Marie-Anne!

Quelques jours après, par une belle matinée d'août, M. Kérel arriva à la ferme. Il avait laissé son embarcation dans une anse de la côte ; c'est là qu'il devait se rembarquer pour l'Ile-aux-Moines avec nos jeunes amis.

Yves et Jean s'étaient rendus au-devant du vieillard, qui s'étonna d'abord de ne pas voir Anne à leurs côtés.

— Elle n'est pas malade ?... demanda-t-il, tout alarmé déjà.

— Non, non, grand-père, repondit Yves ; elle vous attend à la ferme, à cause de la surprise.

— La surprise ?... répéta le capitaine qui ne comprenait pas.

— Vous verrez, vous verrez !...

Et les malins garçons riaient sous cape.

A demi-prévenu, M. Kérel devait être cependant très étonné en voyant apparaître sur le seuil cette belle paysanne au clair sourire.

— Ma chère petite, que tu es gentille !...

Et après l'avoir admirée, il ouvrit bien grands ses bras, où elle se précipita, joyeuse. En l'enlaçant, si sa bouche souriait, ses yeux s'embuaient de larmes, car, ainsi que l'avait pensé sa fille, il songeait à sa dernière née, cette jeune femme partie de Kerno, pleine de force et de grâce, pour rejoindre son mari à Nantes, d'où ils n'étaient revenus tous deux que couchés dans leurs cercueils.

Mais, ne voulant pas troubler la joie de la mignonne que la pauvre morte leur avait laissée, et en qui elle revenait, le vieillard refoula ses pleurs et dit gaiement :

— C'est la cousine et tous nos amis de l'île, qui vont être surpris ! Ils ne voudront plus te reconnaître, ma mie jolie !

— C'est tout comme moi, M. Kérel, s'écria Claudine, avec ce sans-gêne des serviteurs qui, par leur affection pour leurs maîtres et leur activité à sauvegarder leurs intérêts, sont un peu de la famille. Quand madame Le Nollec m'a présenté Anne l'autre soir comme une cousine de Vannes, je lui ai tiré ma plus belle révérence, et, sans son éclat de rire, j'aurais été quelque temps sans pouvoir mettre son nom sur son visage.

— Il est toujours le même pourtant, n'est-ce pas bon-papa?

— Oui, ma belle; mais plus séduisant encore sous cette mousseline qui l'encadre.

— Grand-père, grand-père! vous allez me la gâter, cette fillette! gronda doucement madame Le Nollec. J'ai bien envie de ne pas vous la donner pour un long mois.

— O bon-papa! le permettriez-vous? protesta la jeune fille en passant un bras câlin autour du cou de l'aïeul.

— Non, non! Ta mère te possède presque toujours; il est bien juste que ta jeunesse et celle de tes frères viennent ensoleiller un peu mon logis.

Madame Le Nollec sourit, et, embrassant son père :

— Gâtez-là, père, vous ne me la perdrez pas pour cela, dit-elle tout bas. C'est une âme de diamant que celle de cette enfant, rien ne saurait l'entamer.

Le soir on parla de l'excursion projetée.

— Vous nous resterez quelques jours, grand-père? demanda le fermier. Votre bateau est bien gardé par Mathieu, le pêcheur, et vous vous reposerez pendant ce temps en notre aimable compagnie, ajouta-t-il en appuyant complaisamment sur ces derniers mots.

Le vieillard sourit.

— Mais j'y pense, fit-il : si vous invitiez Jacques et Louisette à venir dans l'île avec nous?

— O grand-père!... firent trois voix joyeuses.

— Cela ne vous fatiguera pas de surveiller toute cette bande, père? dit madame Le Nollec.

— Nullement, ma fille. Puis je n'ai plus à surveiller; ce sont des jeunes gens que j'emmène maintenant.

— Que Louisette sera heureuse! s'écria Anne. Savez-vous, pépé — elle aimait à donner ce petit nom à l'aïeul — savez-vous que Louise a aussi délaissé le chapeau pour la coiffe?

— Tant mieux, mignonne. J'aurai ainsi deux jolies villageoises à présenter à Kerno.

— Allons, terminons la soirée, dit soudain M. Le Nollec; le grand-père, doit être las, il ne faut pas le faire veiller davantage.

Et les jeunes gens s'empressèrent de conduire le capitaine à sa chambre, en lui souhaitant une bonne nuit dans un affectueux baiser.

Eux-mêmes regagnèrent les leurs, bien joyeux en songeant que leurs amis profiteraient avec eux des plaisirs que les vacances passées à l'Ile-aux-Moines leur réservaient.

La traversée se fit sans encombre. (page 92)

II. — EN VACANCES

Une légère brise ride à peine la surface de l'eau ; le ciel se mire dans le golfe en le moirant d'azur. De beaux goélands se bercent sur les flots, en lissant leurs plumes soyeuses; d'autres y planent, guettant la proie convoitée sur laquelle ils plongeront soudain, pour reparaître bientôt, et s'envoler avec elle vers les rochers abrupts.

Des barques aux voiles blanches ou pourpres, passent et repassent, semblant glisser sur l'eau limpide comme de légers traîneaux.

Quelle paix, quelle sérénité dans ce charmant golfe du Morbihan, dont les îles nombreuses sont autant d'oasis invitant le voyageur à venir se reposer sur leurs bords enchantés, où murmurent les grands flots! Une lumière d'or, aussi intense que celle qui enveloppe les rives fortunées de ces terres bénies du soleil, double la beauté de ces paysages féeriques.

C'est bien le moment de monter dans la barque, de lui faire ouvrir son aile à la brise, et de glisser aussi sur cette mer miroitante.

C'est à quoi se disposaient nos jeunes amis, ce beau matin d'août.

Ils étaient tous réunis sur la grève, faisant leurs adieux à leurs mères et aux jumeaux qui les avaient accompagnés jusqu'au rivage. Car la permission avait été octroyée par M. Lotudy : Jacques et sa sœur étaient du voyage.

Louise était bien charmante aussi sous sa coiffe du pays. Un peu plus petite que sa compagne, mais très fine, très svelte, elle portait parfaitement la longue robe aux rubans de velours.

Ses yeux bruns avaient conservé leur expression charmeuse ; sa bouche était toujours une fleur de grenade ; seuls, ses cheveux s'étaient teintés. Sans être complètement noirs, ils avaient des reflets plus sombres.

Maurice et Noël étaient maintenant deux beaux garçonnets d'une dizaine d'années, qui se ressemblaient toujours. Ils auraient bien voulu accompagner Jacques et Louise, mais madame Lotudy ayant encore manifesté le désir de les garder, parce que la maison serait bien triste sans eux, ils avaient obéi, sans murmures, préférant leur mère à tout, comme dans leur petite enfance.

— Allons ! embarquons, la jeunesse ! cria le capitaine déjà à la barre.

Les fillettes sautèrent lestement dans la barque, suivies des jeunes gens et de Faraud qu'on eût essayé vainement de retenir,

— Vous nous les ramènerez vous-même, père? implora madame Le Nollec.

— Oui, ma fille, avec la cousine Marie. Et nous resterons pour faire la vendange avec vous, si du moins mes rhumatismes me laissent aussi tranquille qu'aujourd'hui :

— Espérons-le.

La voile fut hissée, et la brise, s'y jouant, fit évoluer la barque, que le capitaine dirigea vers l'Ile-aux-Moines.

— Au revoir!... Au revoir!... crièrent les enfants, en agitant leurs mouchoirs.

La traversée se fit sans encombre, et bientôt le bateau s'arrêta devant Kerno, où se trouvait la maison de M. Kérel.

Il s'y achemina avec la joyeuse bande, après avoir confié son embarcation à son mousse, le petit Jérôme qui l'attendait sur la grève.

L'enfant avait bien reconnu les jeunes gens, mais il regardait ces belles paysannes, avec des yeux intimidés.

— Nos coiffes te trompent, hein? lui demanda Anne.

— Oui, fit-il; mais je vois maintenant que vous êtes Anne et Louise.

— Et comment nous trouves-tu ainsi? interrogea Louise.

— Oh! bien faraudes!... dit-il avec un geste d'admiration.

La maison du capitaine Kérel était située à quelque distance du village, dans un repli de terrain, et présentait un air riant avec sa façade à un étage, enguirlandée de vignes. Un jardinet la précédait; son mur bas, fermé par une grille modeste, n'empêchait pas de jouir de la mer mouvante.

Derrière, se déroulait un vaste jardin, et, plus loin, un bois superbe l'abritait des vents du nord.

La cousine Marie vint à la porte, attirée par les rires; elle accueillit les jeunes voyageurs avec une joie sans égale, surtout les deux fillettes, qu'elle ne pouvait se lasser d'admirer.

C'était une forte femme d'une cinquantaine d'années, au regard doux, un peu voilé par une mélancolie ancienne. Elle n'était pas sans cause, cette tristesse persistante.

Mariée à un brave marin, le capitaine Fauvin, son ami d'enfance, elle l'avait perdu, robuste encore, à la suite d'un naufrage, où il avait reçu une blessure à la tête, qui le fit languir et mourir quelques années après.

Madame Fauvin n'avait pas d'enfants : il lui restait, pour seules ressources, une part de la pension de son mari; elle avait même dû dépenser toutes les économies du ménage pour le soigner.

C'est alors que son cousin Kérel lui proposa d'aller lui tenir compagnie en s'occupant de sa maison. Elle avait accepté avec reconnaissance, et le capitaine n'eut qu'à s'en louer.

Tout en accomplissant une bonne action, il trouvait en sa cousine une seconde fille, aimante et dévouée, qui soignait ses vieux ans avec intelligence et dévouement.

Une jeune servante aidait madame Fauvin dans les soins du ménage, du jardin et des étables, car M. Kérel voulant trouver chez lui toutes les choses nécessaires à l'existence, possédait, outre son jardin, qui lui fournissait fruits et légumes, une vache, un porc et tout un bataillon de poules, de coqs et de pigeons.

Les jeunes gens entrèrent dans la salle où le couvert était mis. La cousine Marie s'empressa de leur servir de bon cidre mousseux, que la chaleur du plein midi rendait bien agréable.

La perruche Cocotte les salua d'un joyeux : « Bonjour ! as-tu déjeuné ? »

— Non, Cocotte ! répondit Jean. Et notre appétit est encore surexcité par la bonne odeur qui s'exhale de la cuisine de cousine Marie.

On rit de cette facétieuse réponse.

— Allez dans vos chambres vous débarrasser de vos bagages, dit madame Fauvin, et dès votre retour nous déjeunerons.

Les jeunes gens se groupèrent autour de la table, entre M. Kérel et madame Fauvin, et firent honneur aux crevettes, homards, sardines qui furent servis, accompagnés d'excellent beurre, de fruits, d'un gâteau savoureux, pétri par la cuisine, le tout arrosé de bon vin et de cidre pétillant.

Le repas terminé, ils allèrent au jardin, pour redescendre ensuite à la grève, afin de reprendre possession de tous ces endroits chers à leurs souvenirs.

Depuis leur enfance, ils passaient leurs vacances à l'Ile-aux-Moines, et cent incidents leur étaient survenus ici et là. Et c'étaient des ressouvenances toujours gaies, parfois comiques, qui les réjouissaient.

Ils étaient, en effet, parmi les heureux, ces enfants, et leur vie, jusqu'à ce jour, s'était écoulée exempte d'alarmes, près de parents jouissant d'une large aisance, grâce à leur travail ; de parents qui, tout en leur donnant l'exemple d'une existence calme et réglée, les aimaient d'une affection sans limite, mais aussi sans faiblesse.

Les trois jeunes gens n'avaient qu'un désir maintenant : préparer les lignes pour aller pêcher en plein golfe, sur la *Marie-Anne*.

— Si vous étiez bien gentils, leur dit Anne, quand, devant elle et Louise, ils parlèrent de ce projet, vous nous tiendriez compagnie sur la grève, nous reposant ainsi de nos fatigues, et à quatre heures, nous prendrions notre bain tout tranquillement : n'es-tu pas de mon avis, Louisette?

— Certainement. Ensuite nous demanderons un morceau de gâteau à la cousine Marie, et nous irons goûter joyeusement dans le bois : il doit faire si frais par cette chaleur sous les grands chênes à l'épaisse ramure!

Yves, qui voulait toujours faire plaisir à sa cousine, acquiésça à cette idée, mais Jacques et surtout Jean ne voulurent pas accepter.

— Nous ne sommes pas venus ici pour faire la dînette avec de petites filles, dit le dernier d'un air décidé; nous nous amuserons bien davantage à pêcher une bonne friture; et, ce soir, lorsque vous la mangerez, Mesdemoiselles, vous nous remercierez.

Les fillettes firent la moue.

— Je préfère le poulet que cousine Marie va faire rôtir, dit Anne.

— L'un n'empêchera pas l'autre; la friture vous mettra en appétit pour le rôti.

— Faisons mieux, ajouta Yves, toujours conciliant : Allez pêcher, et moi je resterai avec Anne et Louise.

— Ah! mais non! Tu viendras avec nous, protesta Jean.

— Va, Yves, dit doucement Anne; nous te savons gré de ta bonne intention.

— Mais pourquoi ne nous accompagnez-vous pas? reprit Jean.

— Parce que nous préférons-nous asseoir sur la grève, ou nous promener dans la forêt, aujourd'hui.

— Voilà! les belles robes de ces demoiselles les gêneraient

pour pêcher. Ce n'est pas tout d'être coquettes, il faut forcément
se priver d'un plaisir !

Et la voix de Jean devenait ironique.

— Cela n'est pas, vilain persifleur ! Et lorsque nous voudrons
aller pêcher, nous saurons bien prendre des vêtements de cir-
constance.

Puis nous n'allons pas commencer ces joyeuses vacances en
nous disputant ; partez, et amusez-vous bien.

— A bientôt ! fit Yves.

Ils revinrent vers la maison, tandis que les jeunes filles continuaient leur promenade dans les petits sentiers moussus, avec
Faraud, qui, la queue au vent, furetait dans tous les fourrés.

L'Ile-aux-Moines est très boisée, ce qui ajoute à son charme et
lui attire, pendant la saison d'été, de nombreux touristes, qui, après
le bain, aiment à se retirer sous ses grands arbres de toutes essences

Les deux fillettes marchaient doucement, appuyées l'une sur
l'autre, et formaient un groupe charmant.

L'une, blonde comme l'aurore, l'autre, brune comme le doux
crépuscule d'un jour d'été, elles personnifiaient les deux
héroïnes de Walter Scott, cette Mina et cette Brenda qu'il
a rendues si sympathiques dans *Le Pirate*.

Des mouchoirs fleuris, des robes et des tabliers de couleurs
claires et gaies, et cette jolie coiffe dont les ailes se déployaient
au souffle de la brise, en faisaient de gracieuses apparitions
sous les frondaisons, d'où s'envolaient oiseaux et papillons.

Initiées dès l'enfance au culte du beau par leur vie constante
au sein de la belle nature, Anne et Louise s'étaient encore
affinées par l'étude, sous la direction d'une institutrice supé-
rieurement douée. Elles comprenaient toutes les merveilles

naturelles qui les entouraient et en jouissaient pleinement.

La moindre fleurette s'épanouissant dans la mousse, un filet d'eau gazouillant sous les saules, le chant d'un oiseau les effleurant d'une aile pressée, étaient pour elles une jouissance.

— Oh! cette touffe de chèvrefeuille sur ce vieux mur!... s'écriait Louise.

Et, après l'avoir admirée avec son amie :

— Ecoute la chanson du grillon!... répondait Anne.

En cette communion intime de leur admiration constante, elles éprouvaient un double plaisir, et s'aimaient davantage.

— Quel bonheur de retrouver tous ces endroits! n'est-ce pas, Louisette? Il me semble que les feuilles, les fleurs, les oiseaux, les rochers nous reconnaissent et sont heureux de nous revoir, autant que nous le sommes de les contempler encore.

— C'est vrai!

Elles s'arrêtèrent instinctivement devant les fleurs, dont elles firent une gerbe.

— Je trouve la salle de grand-père privée de fleurs, vois-tu, faisait Anne.

— J'allais te le dire, déclarait Louise.

— Cousine Marie fait de bonne cuisine, on ne peut le nier, reprenait Anne, elle tient bien le logis, mais elle n'a aucun goût pour l'orner.

Et toutes deux riaient d'un rire tellement cristallin, que les oiseaux, étonnés, se taisaient pour les écouter.

Les gerbes achevées, elles s'acheminèrent d'un pas léger vers la maison, afin de composer leurs bouquets.

M. Kérel faisait sa sieste, assis dans le grand fauteuil. Les stores ne laissaient filtrer qu'un demi-jour propice au sommeil,

7.

et donnaient à la salle une fraîcheur bienfaisante par cette brû-
lante journée d'août.

Les jeunes filles s'arrêtèrent à la porte, et elles allaient la re-
fermer doucement pour ne pas troubler le repos du capitaine,
lorsqu'il ouvrit les yeux.

— Entrez, mes enfants.

— Nous vous avons réveillé, grand-père?

— Non, non; je paraissais dormir, mais j'étais sorti de mon
assoupissement. Ah! vous m'apportez des fleurs : que c'est
gentil!

Et il les regarda les disposer élégamment dans tous les vases
qu'elles découvrirent.

— Que la salle est belle ainsi! dit Anne avec admiration. Les
oiseaux paraissent plus vivants avec ces fleurs et ces verdures.

Et il y en avait des oiseaux! Un immense goéland étendait ses
ailes au-dessus de la glace placée sur la cheminée; deux mouet-
tes blanches et fines se faisaient pendant de chaque côté de la
porte; sur une branche de bois mort, assez grande pour former
un arbre, et revêtue par places de lichen argenté, se groupaient
des canaris d'un jaune éclatant, de mignons colibris aux plumes
irisées de toutes les couleurs de l'arc-en-ciel, des perruches vertes au collier de corail, des tangaras au cou d'un rouge sang,...
Ils étaient si bien disposés, qu'on les eût crus vivants.

M. Kérel, qui avait du goût, n'aimait pas les oiseaux ni les
fleurs sous ces globes de verre, où parfois on les enferme, sous
prétexte de les mieux conserver; ils les préférait dispersés dans
la salle, ils lui rappelaient mieux ainsi la réalité.

En face de l'arbre aux oiseaux, se dressait la vitrine où il avait
disposé sa collection de coquillages. Il les possédait à peu près

tous, depuis le plus minuscule, jusqu'à l'énorme conque dou-
blée d'un rose délicat, sur laquelle Anne, enfant, aimait à appuyer
l'oreille, pour y entendre résonner un bruit qui semble être celui de la mer.

— C'est qu'il la regrette, voyez-vous, *pépé!* disait-elle.

Et le vieillard souriait, un peu triste, songeant aussi à ces
rives lointaines dont il avait parfois la nostalgie.

Un buffet en vieux chêne, aux belles et curieuses assiettes;
une table, autour de laquelle toute une famille pouvait tenir;
quelques sièges du même bois sculpté et noirci par le temps,
composaient le reste de l'ameublement. Des tentures aux vives
couleurs se drapaient aux portes et aux fenêtres.

Elle était aussi hospitalière que celle de la ferme des Chênes,
cette salle, mais plus somptueuse, grâce à toutes les merveilles
rapportées de ces contrées ensoleillées où les plus riches nuances sont jetées à profusion sur les fleurs, les plumes et les tissus
soyeux.

— Maintenant, grand-père, si vous le voulez, nous irons prendre un bain.

— Volontiers, ma mie; allez vous préparer, et nous verrons
en même temps, si nos jeunes gens font bonne pêche. Ils voulaient m'emmener, mais j'avais plutôt besoin de sommeil.

Bientôt, Anne et Louise nageaient comme de vraies sirènes
dans l'onde claire du golfe, et le capitaine qui avait été leur
initiateur, les contemplait du rivage.

Puis on héla les jeunes pêcheurs improvisés qui revinrent,
ramant en cadence, et montrèrent, tout fiers, une pêche superbe.
Le soir, on la dégusta avec un appétit digne de cette délicieuse
friture.

La première visite fut pour ce monument... (page 102)

III. — De Gavr'inis a l'île d'Arz.

Les jours s'écoulaient trop rapidement, au gré des jeunes gens,
sur cette île hospitalière. Des plaisirs charmants s'y succédaient:
bains, pêche à la ligne ou au filet, courses dans la forêt, promenades en barque, qu'ils conduisaient tour à tour; Anne et Louise
même s'asseyaient à la barre, et la tenaient d'une main très sûre.

Tantôt les garçons ramaient en cadence, et les fillettes chantaient une gaie barcarolle; tantôt la voile se déployait, ainsi
qu'une aile, et les enlevait sur l'eau berceuse.

M. Kérel les accompagnait souvent, n'étant jamais plus heureux qu'au milieu de cette belle jeunesse rieuse; il était si gai
lui-même, qu'il se mettait de suite au diapason, et l'accord le
plus complet régnait toujours.

La cousine Marie et Aurélie, la petite bonne, s'ingéniaient

pour imaginer des mets nouveaux, et leur orgueil était sans limite lorsque les arrivants s'écriaient dès l'entrée :

— Quel bon parfum!... Quel plat exquis cousine Marie a-t-elle encore préparé aujourd'hui?

— Mettez-vous à table, mes enfants, et vous le saurez, répondait madame Fauvin. Avez-vous de l'appétit?

— O cousine!... faisait Jean d'un air de reproche. En manquons-nous jamais?

— Si vous le voulez, mes enfants, dit un beau matin M. Kérel, nous ferons aujourd'hui une excursion à l'île de Gavr'inis.

Une approbation unanime accueillit ces paroles.

Les jeunes gens avaient déjà visité cette île, mais c'était à l'époque où ils étaient enfants, et le souvenir qu'ils en avaient gardé se trouvait un peu confus dans leur mémoire.

— Préparez les provisions pour le dîner avec cousine Marie, mes petites, reprit le capitaine, et vous, mes amis, venez me donner un coup de main pour mettre le bateau en état de partir.

Ils ne se le firent pas répéter : Anne et Louise allèrent emplir un grand panier de victuailles, et les garçons suivirent le vieillard en sifflant gaiement.

Cette petite île n'a pas 500 mètres de long; elle est cependant la plus intéressante des îles du golfe, par ses monuments mégalithiques.

Sur un point élevé, se trouve un tumulus de plus de 100 mètres de tour. Il est fait de pierres que l'on a superposées les unes sur les autres, et qui se maintiennent ainsi depuis des siècles.

De hauts menhirs forment une allée couverte qui permet de

pénétrer au centre du tumulus. Là, se trouve un dolmen très étrange.

L'immense pierre de granit qui en forme la table est soutenue par des menhirs qui ont au moins deux mètres de hauteur. Le sol est aussi recouvert de larges dalles.

Sur tous ces blocs de granit, des signes mystérieux ont été creusés, dessins étranges, représentant des lettres bizarrement contournées, des animaux, des haches...

Quel est le Champollion qui pourra déchiffrer ces hiéroglyphes bretons? Que de faits mystérieux nous seraient alors révélés !

La première visite de nos jeunes amis fut pour ce curieux monument de nos ancêtres préhistoriques. Ils errèrent, vaguement émus, entre ces hauts et larges blocs placés là par les mains d'hommes disparus depuis une époque perdue dans la nuit des temps, et qui subsistent encore, pour nous plonger dans un étonnement profond.

— Comment réussissaient-ils à dresser ces pierres gigantesques, grand-père? dit soudain Yves.

— On se le demande, mon fils ! Les moyens dont nous disposons aujourd'hui leur étaient complètement inconnus. Ils devaient réunir des forces considérables pour arriver à ce résultat. Ainsi furent faites les pyramides d'Egypte. Des milliers et des milliers d'hommes y travaillèrent et y usèrent leur vie.

Et tout cela pour élever des tombeaux aux rois ! O vanité des vanités!... Un simple tertre où croît la fleur champêtre, où l'oiseau vient chanter sous le rayon qui le caresse, n'est-il pas préférable?

— Oh! oui, grand-père! s'écria Anne qui détestait les pierres tombales.

Elles devaient lui sembler si lourdes, si froides, à elle, l'enfant avide d'air et de lumière!

— Si vous le voulez, ajouta-t-elle, en changeant soudain de sujet, nous dresserons le couvert du dîner ici, sur cette herbe douce, à l'ombre de ce beau menhir.

Et, sur un signe affirmatif de M. Kérel, la nappe fut étendue; bientôt assiettes et verres s'y alignèrent avec les mets préparés le matin.

— Vous ferez votre sieste sous le dolmen, grand-père, dit Anne; nous allons vous y arranger un beau lit.

Le vieillard sourit à l'enfant aimée.

Une couche d'herbes sèches fut étendue sur le gazon, et les châles apportés par les jeunes filles, en prévision du retour, s'enroulèrent pour former un moelleux oreiller.

— Etendez-vous là, *pépé*, et n'allez pas rêver de sanguinaires sacrifices sous ce dolmen antique!

— Ne crains rien, ma mie jolie; le souvenir de ta douce image mettrait en fuite les plus affreux cauchemars.

— Oui, dit Louise, c'était ici le lieu où l'on égorgeait les victimes.

— Et si elles n'avaient été choisies que parmi les animaux! fit Yves. Bien souvent, hélas! de malheureux prisonniers étaient sacrifiés au dieu terrible. Quelles mœurs barbares!

— Pour nous, certainement, reprit M. Kérel, mais pour certaines peuplades ces cruautés continuent encore, et non seule-

ment ces sauvages tuent, mais encore ils mangent leurs prisonniers.

— Y a-t-il encore beaucoup de ces peuples anthropophages,
grand-père? interrogea Anne.

— Encore trop, ma petite, pour notre siècle de civilisation
raffinĕe.

— Allons, laissons dormir grand-père, dit Yves. Voyez, Jean
et Jacques sont déjà partis.

Le capitaine s'étendit voluptueusement sur le lit embaumé
par les fleurettes sauvages, et s'endormit bientôt d'un profond
sommeil.

Les jeunes gens explorèrent l'île et s'amusèrent comme de
vrais enfants qu'ils étaient encore.

Ils revêtirent leurs costume de bain, et se plongèrent, joyeux,
dans l'onde limpide; ils luttèrent à la nage, comme de vrais
marins. Ce fut au milieu d'une eau écumant sous leurs ébats,
que le capitaine les retrouva.

— Et vos rêves, bon papa? lui cria Anne.

— Ni bons, ni mauvais, petite fille; mon sommeil a été si profond que nul farouche guerrier, nulle victime expirante n'y
ont passé.

Allez vous habiller maintenant; il est l'heure du retour.

Et bientôt la barque, poussée par la brise du soir, emportait
nos excursionnistes vers l'Ile-aux-Moines.

— Que diriez-vous d'une nouvelle promenade à l'île d'Arz?
demanda M. Kérel aux jeunes gens, en se retrouvant un matin
dans la salle pour le petit déjeuner.

— Nous en serions ravis, grand-père! s'écria Anne.

Tous approuvèrent, enchantés de cette seconde excursion ; tous, même Jean, qui depuis quelques jours était morose.

Aux questions de sa cousine et de son frère qui s'informaient affectueusement de cet état d'esprit, le supposant peut-être souffrant, il répondait un peu brusquement :

— C'est que la fin de notre séjour à l'île approche.

— Il est vrai que l'on s'y amuse, répondait Anne ; mais tu ne songes donc pas, mon Jean, que le moment qui nous ramènera à Rhuis sera aussi celui des vendanges ? Et quel bonheur de les faire cette année avec le cher grand-père !

Cette perspective ne rendait pas à Jean sa belle gaieté ; il demeurait songeur, triste parfois ; et même à Jacques, son fidèle, il ne confiait pas la cause de ce changement d'humeur.

— Il y a longtemps que je promets une visite à mon vieil ami Kelval, reprit le capitaine ; je veux l'aller surprendre aujourd'hui avec toute ma *smala*, si cousine Marie y consent.

Madame Fauvin voulut bien être de la partie. Elle fit toutes ses recommandations à Aurélie avant de quitter le logis, qu'elle abandonnait rarement. Elle n'était jamais parfaitement tranquille loin de ses pénates.

— Ces jeunesses sont si folâtres ! disait-elle, en parlant de la petite bonne.

— Oh ! pour une journée ! et sans animaux à soigner puisque nous partons tous ! répondait M. Kérel. Alors comment feras-tu, Marie, pour rester à Rhuis pendant toutes les vendanges ?

— Ne comptez sur moi que pour quelques jours, mon cousin ; j'irai certainement embrasser Yvonne, mais je reviendrai bien vite à Kermo.

— Tu feras ce que tu voudras, ma fille, dit le vieillard, toujours conciliant.

— La barque est *parée*, capitaine ! cria soudain le petit mousse.

Et tout le monde s'embarqua pour attérir bientôt à l'île d'Azur. Le passage est très court entre les deux îlettes, surtout lorsqu'un bon vent enfle la voile.

M. Kelval, ancien capitaine comme son ami, habitait le bourg avec sa femme ; ses enfants s'étaient dispersés selon les hasards de la vie ; sa fille était mariée à Vannes et ses trois fils, capitaines au long cours, naviguaient au loin.

Il avait aussi, dans sa riante demeure, pour le temps des vacances ses deux petits enfants : Elisabeth et Paul Spernel, de beaux jeunes gens de seize à quatorze ans.

Quelle joie pour les amis, vieux et jeunes, de se revoir et de passer ensemble plusieurs bonnes heures !

— Heureuse surprise ! s'écria le capitaine Kelval en serrant affectueusement la main de son assidu compagnon de pêche, et celle de madame Fauvin.

— Il y a un siècle que je ne t'avais aperçu dans ton bateau, Kelval, et je venais t'en demander la raison.

— J'ai passé quelques jours à Vannes, chez ma fille, et je ne suis revenu que d'hier avec les enfants. Un jour plus tôt, tu ne me trouvais pas au logis.

— Mais j'y aurais été reçu par madame Kelval, n'est-ce pas ?

Et M. Kérel tendit la main à une aimable vieille femme, qui souriait sous sa coiffe blanche.

— Avec un plaisir partagé, vous le savez bien, capitaine, répondit-elle.

Ils entrèrent dans la salle pendant que les jeunes gens s'éparpillaient dans le jardin pour renouer connaissance.

Ils se voyaient fréquemment chez les grands-parents, et sympathisaient complètement.

— Quelle jolie jeunesse! voyez donc, fit soudain madame Kelval, qui tout en causant jetait de temps à autre un regard dans le jardin.

Ils formaient, en effet, deux groupes bien charmants, ces trois gentilles fillettes, ces quatre jeunes gens robustes et bien plantés.

Elisabeth portait le costume de la ville, mais sa mise était très simple : une robe de toile bleue à fleurettes blanches et un petit chapeau garni de fleurs champêtres. C'était une mignonne enfant, aussi blonde que son frère était brun.

Les grands-pères les regardaient aussi avec complaisance; on voyait qu'ils étaient fiers de se voir revivre en eux.

— Et aussi bons que beaux! dit M. Kérel; aussi intelligents que travailleurs! Ah! nous pouvons nous estimer heureux d'être leurs aïeuls, mon vieux Kelval! Je ne regrette qu'une chose, c'est que mes chères disparues ne soient pas là pour jouir avec moi de cette grande joie!...

Il se tut et soupira en refoulant deux larmes qui lui montaient aux yeux.

Sa cousine et ses amis avaient aussi les paupières humides en songeant au malheur terrible qui avait frappé le capitaine en pleine félicité; car six mois après la mort de sa fille, il perdait sa femme, minée par son immense chagrin.

— Je vais voir à préparer un déjeuner copieux pour ces jeunes appétits bien aiguisés, dit madame Kelval, voulant couper court à cet attendrissement.

— Laissez-moi vous aider, Pauline? fit madame Fauvin.

— Venez, ma chère Marie, si cela ne vous ennuie pas.

Et les deux femmes disparurent en laissant les capitaines en tête-à-tête, après leur avoir servi un flacon de cidre, mousseux comme du champagne.

Dans le jardin, on causait.

— Vous préparez-vous aux examens? demandait Elisabeth à ses compagnes.

Elle venait de les passer très brillamment et avait obtenu le brevet élémentaire.

— Non, répondit Anne. Il me faudrait rester encore une année à l'école, et notre mère a besoin de moi à la ferme.

— Moi, tout en aidant à la maison, je crois que je continuerai à prendre quelques leçons particulières dit Louise; et si notre maîtresse m'en juge capable, je tenterai la chance.

— Louise l'obtiendrait plus facilement que moi, reprit Anne; la classe est à sa porte, et, sans se déranger beaucoup, elle peut en suivre les cours. Mais si je ne continue pas à étudier sous la direction de mademoiselle Marthe, je ne fermerai pas mes livres pour cela, et bien souvent je les feuilleterai pour ne pas oublier ses excellentes leçons.

Voyez Yves, qui a quitté l'école depuis quatre ans: il a continué à s'instruire tout seul, en lisant, en comparant, et je suis sûre que, malgré son brevet, Jean n'est pas aussi savant que lui.

— Yves est si intelligent!...

Telle fut l'exclamation générale.

A ce moment, les jeunes gens se rapprochèrent.

— Quel sujet traitez-vous avec cette animation, Mesdemoiselles? demanda Yves.

Elles sourirent, et ne voulant pas avouer qu'elles parlaient de lui :

— Nous nous occupions de nos études à peu près achevées, répondit Anne.

— Et nous de la carrière que nous voulons embrasser, fit Paul.

— Pour Yves c'est fait depuis longtemps, dit sa sœur.

— Oui, et tous les jours je remercie Dieu de mon heureux destin.

Les yeux du jeune fermier brillaient de joie et de fierté en parlant ainsi :

— Je suivrai l'exemple d'Yves, fit Jacques, je m'occuperai de la terre et des plantes dans mon cher Sarzeau.

— Et vous? demanda Louise à Paul et à Jean.

— Inutile de demander l'avis de Paul, reprit Elisabeth; chacun sait qu'il veut être marin.

— Toujours les mêmes idées, alors? interrogea Anne en fixant ses grands yeux bleus sur le jeune homme.

— Toujours, Anne. Je serai capitaine comme mon grand-père, comme mes oncles.

— Et tu feras pleurer ta mère, qui, n'ayant qu'un fils, voudrait le garder près d'elle.

Elisabeth regardait aussi son frère, mais d'un air attristé.

— Que veux-tu, Beth, c'est la vocation! Jamais je ne pourrai me décider à devenir quincaillier comme mon père; le goût des longs voyages est en moi, je mourrais si je restais à terre.

— Il ne nous reste plus qu'à connaître la décision de Jean, dit Louise.

— Il suivra l'exemple de son frère, n'est-ce pas, mon Jeannot? dit Anne.

— Je ne sais pas encore, répondit évasivement le jeune homme.

— Tiens, tu n'es qu'un cachotier! s'écria Paul. Tu as une idée en tête, et tu ne veux pas nous la dire.

— Et cela depuis longtemps, fit Jacques.

Yves courbait son front rêveur, et semblait soucieux. Trop réservé pour forcer son frère à avouer ses préférences, il voyait bien que ces goûts n'étaient pas les siens, et s'en attristait. Il lui aurait été doux de continuer à vivre à la ferme, entouré de tous ses aimés.

Il était si affectueux ce grand Yves! Sa nature était restée tendre comme aux jours de son enfance.

Puis il songeait au chagrin qu'éprouverait leur père, si Jean contrariait ses projets; à celui de leur mère, qui, comme madame Spernel, serait désolée de voir son fils suivre la voie périlleuse de la navigation. Car pour Yves, il n'y avait que deux carrières à embrasser : celle de la terre, ou celle de l'eau.

La conversation s'arrêta là, madame Kelval les appelant pour le dîner.

On devait la reprendre quelques jours plus tard, à la ferme, et le jeune homme, forcé dans ses derniers retranchements, le disait enfin, ce secret si bien gardé jusque-là, secret qui ferait couler bien des larmes.

Après le repas, qui fut le plus cordial du monde, les jeunes gens se proposèrent d'aller refaire connaissance avec certains

retraits préférés de l'île, pendant que les vieillards les atten-
draient tranquillement en causant du temps passé.

Ils partirent, joyeux ; les fillettes devant, se donnant gentiment le bras, les jeunes garçons les suivant. Avant de disparaître derrière une haie d'aubépines, Anne se retourna pour
adresser un sourire et un baiser de la main à l'aïeul ; elle savait
bien qu'il se mettrait à la fenêtre pour les suivre plus longtemps
des yeux. Elisabeth en fit autant, car la tête blanche du grand-
père Kelval s'encadrait près de son ami.

— Allez, allez sans crainte, petites filles, vous avez derrière
vous de vaillants défenseurs ! leur cria M. Kérel.

Et les quatre jeunes gens, flattés, levèrent leurs bérets bien
haut, pour saluer encore.

Un moment après ils couraient sur la grève comme de véritables écoliers, même Yves, le grand Yves si sérieux toujours,
qui en ce bel après-midi ensoleillé, était le plus gai de tous, le
vrai boute-en-train de la bande folâtre.

Et pour complaire à ces demoiselles, le bateau de M. Kérel,
qui se balançait doucement sur son ancre, fut approché d'une
roche propice. Chacun y monta et la voile se gonflant les emporta à travers les îles sans nombre du golfe, parmi lesquelles la
jolie îlette Boëde.

Ils ne revinrent que hélés par les grands-pères venus à leur
rencontre.

Il n'est pas de bonne compagnie qui ne se quitte ! dit le pro-
verbe. Les adieux s'échangèrent donc dans l'hospitalière demeure de M. Kelval, mais on se promit de se revoir encore avant
la fin des vacances.

Elisabeth qui s'était éloignée un moment, revint avec deux

touffes d'œillets rosés, à la délicieuse senteur; elle les attacha à la piécette de chacune de ses compagnes, en leur disant aimablement :

— Pour embaumer votre retour.

De bons baisers l'en remercièrent.

Et nous?... firent les jeunes gens légèrement désappointés.

— Vous, mes amis, vous êtes oubliés, dit en riant le capitaine Kérel.

— C'est moi qui vous fleurirai, leur dit madame Kelval, puisque Beth a délaissé votre boutonnière.

Et l'aimable femme cueillit quelques brins de clématite dont les souples lianes s'enlaçaient au petit mur, et les plaça elle-même dans les pochettes des vestons de ces jaloux.

Ils descendirent tous sur la grève, et bientôt la barque docile emportait nos amis vers l'Ile-aux-Moines.

Avant de doubler la pointe, ils poussèrent encore un long cri d'*au revoir!* et de la plage les voix d'Elisabeth et de Paul le répétèrent. Puis le silence se fit dans la barque.

Une certaine mélancolie tombait sur ces jeunes fronts avec le crépuscule, mais elle leur était douce. C'était plutôt un recueillement presque religieux, en face de cette mer limpide, gardant encore sur ses flots bleus le scintillement des derniers rayons du soleil.

Il faisait beau vivre à cette heure, sur ce bateau ami, pour ces jeunes gens devant qui s'ouvrait l'avenir.

Le capitaine le regarda d'un air étonné. (page 114)

IV. — Tristesses

Les vacances sont terminées, ainsi que les vendanges, et les habitants de la ferme des Chênes ne vivent plus dans cette activité parfois un peu fiévreuse. Entre la récolte faite et rentrée et les semailles de novembre, il y a quelque arrêt.

M. Kérel qui, avec sa cousine, était venu reconduire les jeunes gens, ne se pressait pas de regagner son île. Il se trouvait si bien au milieu de cette famille unie qui l'aimait et le vénérait!

Par un après-midi pluvieux des premiers jours d'octobre, le vieillard se chauffait, tout en lisant, dans l'âtre, où brûlait un petit feu d'ajonc, répandant cette suave odeur des fleurs séchées. Il était seul à la ferme.

Sa fille et Anne avaient dû aller à Sarzeau, et les trois hommes étaient aux champs avec les domestiques.

La pluie, qui avait cessé vers midi, menaçait de retomber avec

plus d'intensité encore, et cette perspective chagrinait le capitaine. Il regardait le ciel avec crainte.

— Nos gars seront bientôt revenus, murmurait-il dans un
soliloque particulier aux personnes qui sont souvent solitaires,
mais ma petite Anne sera mouillée sur cette route sans abri.

La porte s'ouvrit, et Jean apparut dans la salle.

— Tu es prévoyant, mon fils, dit le vieillard, tu as vu les
nuages pluvieux s'amonceler et tu reviens. Ton père et ton frère
te suivent-ils?

— Ils en ont encore pour une bonne heure avant d'avoir
étendu le fumier sur la grande pièce de terre du côteau, grand-
père, et je crois bien que la pluie les surprendra en plein travail.
Ils eussent beaucoup mieux fait de m'imiter. Mais quand le
travail les tient, c'est sérieux.

— Il est si ennuyeux de le laisser inachevé.

— Il est encore bien plus ennuyeux d'être mouillé!

— Je le crains pour ta mère et ta sœur : si tu allais au-devant
d'elles, Jean?

— Je ne les empêcherais pas de l'être, fit-il, rendu maussade
par cette proposition. Puis je voudrais vous parler d'une chose
qui m'occupe depuis longtemps, grand-père, ajouta-t-il en parlant très vite; et puisque nous sommes seuls...

Le capitaine le regarda avec un air étonné.

— Dis-moi cette chose.

Le jeune homme s'assit un peu dans l'ombre, demeura un
instant silencieux, puis, s'enhardissant :

— Je ne voudrais pas être paysan, grand-père, et je n'ose pas
le dire à mon père, qui est féru de son métier.

— Tu as tort, mon petit; d'autant plus que ton père s'en doute

un peu, je crois; il voit bien que tu n'apportes pas l'ardeur de
ton frère pour ces travaux champêtres. Mais il comprendra que
tous les goûts ne sont pas les mêmes, et si tu veux être marin, il
ne s'y opposera pas, ou je me tromperais. Mon gendre est avant
tout un homme droit et juste, et non un tyran; il ne te traînera
pas de force derrière la charrue, sois-en sûr, Jean.

Du reste je lui dirai que je serais très satisfait de revivre en un
de mes petits-fils, devenu capitaine comme je l'ai été.

— Je ne veux pas être marin!... murmura Jean timidement.

— Tu ne veux pas être marin? répéta l'aïeul surpris. Quelle
profession comptes-tu embrasser, alors? Celle de maître d'école?

— Non!...

— Mais je m'y perds, mon enfant! Dis-moi tes intentions, car
je ne les devinerai jamais.

Un silence suivit ces paroles; puis Jean, se décidant soudain :

— Je voudrais, dit-il, me placer comme commis à Vannes.

Et il soupira, comme soulagé.

— Comment! s'écria le capitaine tout surexcité. Elevé dans
la liberté si grande de la campagne, tu passerais ta vie derrière
un comptoir, ou devant une table à griffonner des chiffres!...
Mais tu mourrais bientôt à ce petit métier-là!

Jean pencha la tête et garda un mutisme complet.

— Je comprendrais que tu fusses attiré par l'existence si captivante du marin, continua le capitaine. On est libre sur son
navire, on n'y dépend que de Dieu, et l'attrait qui se dégage des
courses sans trêves à travers ces mers profondes, et ces pays si
divers où elles vous mènent, fait de cette profession l'unique,
entre toutes. Mais commis!... Tiens, tu me mets la tête à l'envers avec tes billevesées.

Et le grand-père se leva et se promena de long en large, comme s'il se croyait encore sur son navire, faisant le quart.

Le pauvre Jean continuait à se taire.

— Pourquoi ne veux-tu pas être marin? lui demanda soudain le vieillard d'une voix courroucée, en se plaçant devant lui les mains derrière le dos.

Le jeune homme n'osa pas avouer que la mer, avec ses tempêtes, lui faisait peur. Il savait bien qu'il se serait aliéné son grand-père en lui montrant sa couardise, et il avait besoin de lui pour plaider sa cause.

— Je n'aime ni la terre, ni la mer, avoua-t-il ; l'emploi d'instituteur ne me convient pas non plus ; je désire habiter la ville, et je n'y vois qu'une situation pour moi : celle de clerc d'avoué ou de notaire.

— Et où te mènera cette belle position, mon pauvre gars? A l'esclavage. Tu ne peux devenir ni avoué, ni notaire : ton instruction n'est pas assez étendue pour cela ; tu resteras donc toujours sous les ordres des autres, quand tu pourrais être ton maître! Ah! tu n'as pas de fierté! On laisse ces emplois à qui est forcé de les accepter, mais quand on peut-être libre, on le demeure.

— J'achèterais plus tard une charge d'huissier, murmura Jean.

M. Kérel secoua la tête d'un air désapprobateur.

Jean voyait sa dernière espérance anéantie. Puisqu'il était ainsi, cet aïeul toujours si conciliant, que dirait son père? Et cependant son désir d'habiter la ville était si grand, il préméditait la chose depuis si longtemps qu'il insista encore.

— Je vous en prie, grand-père, dites-moi que vous intercéderez pour moi auprès de papa !

En voyant l'air désolé de son petit-fils, le capitaine s'attendrit.

— Je te le promets, tout en regrettant tes étranges idées, et sans répondre du succès. Ton père sera désolé en apprenant tes projets d'avenir, auxquels je puis à peine croire.

— Merci! dit le jeune obstiné. Vous ne le direz pas à mon père devant moi, n'est-ce pas?

— Non!...

La porte fut poussée par une main impatiente, et Anne, s'effaçant, laissa entrer sa tante, puis pénétra ensuite dans la salle.

— C'est nous, grand-père! fit-elle d'une voix joyeuse. Tu es là, Jean! C'est gentil de tenir compagnie à *pépé*.

Pendant cette conversation si inattendue, M. Kérel avait cessé d'observer l'état du ciel.

— Vous êtes mouillées? dit-il avec inquiétude.

— Non, père, répondit madame Le Nollec; mais il était temps de rentrer. L'averse commence. Heureusement que nous avons aperçu nos travailleurs qui reviennent en toute hâte.

En effet, quelques instants plus tard, tous rentraient à la ferme.

— Tu n'es qu'un poltron, Jean, dit le fermier, un peu sèchement; je désespère de faire de toi un cultivateur courageux.

Le grand-père reprit sa place dans l'âtre, et parut s'absorber dans la lecture de son journal, mais la politique l'intéressait peu ce soir; il songeait avec tristesse à tous les orages que l'obstination de Jean allait soulever dans cette famille si unie, où jamais, jusqu'à ce moment, ne s'était glissé le plus petit nuage. Il s'en voulait d'avoir promis son aide au jeune homme.

— Mais le moyen de résister à ses airs suppliants?...

Et ce jour-là, même la gentillesse d'Anne ne put le dérider.

— Vous paraissez souffrant, père? remarqua madame Le Nollec.

— Non, ma fille : un peu fatigué seulement.

Yves et sa cousine essayèrent de le distraire; mais Jean, qui savait bien ce qui préoccupait l'aïeul, demeurait taciturne.

La soirée se traîna, languissante, et les jeunes gens se retirèrent dans leurs chambres plus tôt que de coutume.

— C'est ce qu'attendait M. Kérel, qui voulait le soir même parler à ses enfants de la bizarre idée de Jean.

— Je vais vous avouer une chose qui va vous contrarier, j'en suis sûr, leur dit-il affectueusement.

— Vous voulez déjà nous quitter, père? dit madame Le Nollec avec regret.

— Ce n'est pas de moi qu'il s'agit, mais de Jean. La vie qu'il mène ne lui convient pas.

— Il veut être marin! s'écria la pauvre mère déjà inquiète.

— Ah! si cela était, j'en serais heureux! car tu sais ma fille combien j'ai aimé mon métier.

— Que veut-il être, alors? questionna le père fiévreusement.

— Il a le désir d'habiter la ville, et ne trouve rien de mieux que de se faire clerc d'avoué ou d'huissier à Vannes.

— Cela ne sera pas! tonna M. Le Nollec. Il restera cultivateur, ou je le chasserai comme un enfant rebelle.

Le fermier, furieux de cette révolte qu'il pressentait depuis longtemps, se promenait dans la salle, le visage angoissé.

— Ecoutez, dit le capitaine, il ne faut pas se surexciter avant d'avoir jugé le mal sans remède. Ce n'est peut-être qu'une idée folle, comme il en passe souvent dans les cervelles des tout jeunes gens, qui se croient déjà forts et veulent voler de leurs propres ailes. En parlant sérieusement à votre fils, vous en aurez sans doute raison.

— Non, grand'père, non, malheureusement! Je vous demande
pardon de mon mouvement d'humeur; mais je suis si désolé de
voir la désunion entrer chez moi par un morveux, qui devrait
être si heureux de la situation indépendante que nous voulons
lui donner!

— Veux-tu que je lui dise combien il nous chagrine? dit madame Le Nollec. En parlant à son cœur, peut-être le ramènerai-
je à des idées plus saines.

— Son cœur! il n'en a guère, ma chère Yvonne! Il n'a que de
l'orgueil dans sa tête d'obstiné. On ne dirait vraiment pas qu'il
est ton fils et le mien!

Ah! pourquoi ai-je écouté son instituteur! Si je l'avais mis
tout jeune derrière la charrue, il la mènerait aujourd'hui d'une
main ferme, et l'esprit en joie.

— Non, mon ami; tout enfant, Jean avait déjà une aversion
très prononcée pour tout ce qui faisait le bonheur de son frère.
Te souviens-tu de toutes nos remarques à ce sujet?

— Oui, fit-il, laconiquement.

— Voulez-vous m'écouter, mes enfants?

— Dites, père, vous êtes toujours de bon conseil.

— Placez cet amateur de ville chez un avoué ou un notaire,
et je vous assure qu'avant peu, il vous demandera en grâce de
revenir à la ferme. Il croit que Vannes lui donnera des plaisirs
sans fin, mais quand il reconnaîtra combien l'esclavage est dur,
il s'empressera d'accourir vers sa presqu'île, où il n'avait pour
maîtres qu'un père et une mère tendres et conciliants.

— Peut-être avez-vous raison, grand-père. Si j'en étais
sûr!...

— Certainement, notre père est dans le vrai. Consens à ce

qu'il s'en aille à la ville, ce jeune coq qui veut voler de ses propres ailes; il s'apercevra vite qu'il les a bien courtes, et qu'il
ne peut s'en servir qu'à la ferme paternelle.

— Essayons! fit M. Le Nollec avec accablement.

M. Kérel se leva.

— Ayez confiance, mes amis.

Les deux époux regagnèrent aussi leur chambre, mais la
cruelle insomnie les tint éveillés pendant bien des heures.

Enfin, calmé par les douces et sages paroles de sa femme, le
fermier finit par goûter le repos dont il avait besoin, après les
fatigues corporelles et surtout morales de ce jour, marqué d'un
trait noir au calendrier de sa vie si heureuse jusque-là.

Le lendemain, M. Le Nollec interpela Jean devant toute la
famille.

— Puisque tu veux abandonner tes parents et ta ferme pour la
ville, lui dit-il froidement, j'irai avec toi dimanche trouver
maître Lamy; peut-être voudra-t-il te prendre comme clerc dans
son étude d'avoué.

— Tu veux partir?...

— Tu vas nous quitter, Jean?...

Ces phrases s'échappèrent des lèvres angoissées d'Anne et
d'Yves.

Des pleurs s'amassèrent dans les yeux de madame Le Nollec.

— Mon petit Jean!... supplia la mère désolée.

A cet appel, le petit ambitieux se couvrit le visage de sa
main et éclata en sanglots.

Sur un signe de sa femme, le fermier quitta la salle. Le capitaine, Yves et Anne le suivirent.

Alors, avec une douceur que seule une mère peut trouver,

madame Le Nollec s'efforça de ramener le jeune égaré dans la voie que tous voulaient lui voir suivre.

Elle lui peignit leur chagrin en le voyant s'éloigner d'eux, sa vie solitaire là-bas, dans cette ville qu'il connaissait à peine ; ce changement si grand dans ses habitudes de toujours...

— Tu ne nous aimes donc plus, mon cher enfant, puisque tu nous délaisses ?... acheva-t-elle dans un sanglot.

Jean courut à elle, et l'embrassa follement.

— Tu ne le crois pas, mère, dis?

— Non ; je ne veux pas m'arrêter à cette pensée, elle me rendrait folle. Mais pourquoi persistes-tu à partir, puisque tu vois que tu nous désoles tous ?

— Je viendrai souvent vous voir; je passerai tous mes jours de congé près de vous.

— C'est décidé, alors? Rien ne peut vaincre cette obstination? Il ne répondit pas.

— Va, mon enfant, et puisses-tu ne pas en pleurer.

— Tu m'aimeras toujours, mère?

Pour toute réponse madame Le Nollec l'embrassa.

— Si un jour tu jugeais mieux les choses, reviens, mon fils; ta place te sera toujours réservée à notre foyer.

Elle se leva, et se mit à ranger la salle, mais son air affaissé disait son muet chagrin.

Jean sortit à son tour, souffrant de les faire tous souffrir, et n'abandonnant pas quand même son projet.

C'était un homme de quarante ans environ... (page 121)

V. — Nouvelle vie

La joie semblait bannie de la ferme, depuis le triste secret dévoilé.

Yves, froissé de l'obstination de Jean à les quitter, gardait un silence farouche sur l'évènement qui avait apporté tant de trouble parmi ces êtres si étroitement unis jusque-là. Ses relations avec son frère étaient demeurées cordiales, mais il ne lui parlait jamais de ses nouveaux plans de vie.

Anne observait la même attitude; seulement son clair regard attristé montrait bien à Jean ses souffrances intimes.

M. Kérel, dont le départ avait été fixé à la fin d'octobre, l'avait remis à une date plus lointaine.

— Vous ne voudriez pas nous abandonner au moment ou la maison va nous sembler si vide, grand-père? lui avait-elle dit de cette voix caressante qui lui attirait tous les cœurs, avant même qu'on eût vu la douceur de ses yeux.

Et dans un tendre baiser, l'aïeul avait promis de passer les mois noirs à la ferme.

Le temps marchait malgré tous ces ennuis, et le dimanche arriva, ce jour qui devait combler les désirs du jeune homme, en mettant une mélancolie aux fronts de tous ceux qu'il allait laisser derrière lui.

De bon matin, M. Le Nollec prépara sa voiture, et bientôt il y montait avec Jean pour aller le présenter à maître Lamy, un avoué de Vannes de grande valeur, qu'il connaissait depuis des années, et qui était devenu son conseiller intime.

— Fais tes adieux à tous, avait-il dit à son fils, car si M. Lamy t'accepte, il sera inutile que tu t'en reviennes avec moi; nous te ferons passer ta malle par le voiturier de Sarzeau.

Et Jean avait embrassé son grand-père, qui lui avait encore dit avec sa brusque franchise de marin :

— Si tu partais pour te préparer aux examens qui feraient de toi un bon capitaine, je te dirais un joyeux au revoir, mais pour devenir un commis!...

Oh! quel air de dédain avait le capitaine en prononçant ces mots!

Madame Le Nollec se contenta de donner au fils qu'elle aimait quand même de chauds baisers, en lui murmurant :

— Pense à nous, et reviens souvent à la maison.

Yves et Anne, en quelques paroles, montrèrent leur aversion pour la ville et leur amour profond pour la campagne natale.

— Je te plains, mon Jeannot! dis l'une.

— Regarde ce que tu abandonnes!... s'écria l'autre en étendant son bras vers l'horizon.

Le soleil matinal, s'élevant dans un ciel à l'azur pâli, dorait de sa blonde lumière les vignes aux feuilles pourprées par les brumes automnales; les champs préparés pour les semailles, où des milliers d'oiseaux s'ébattaient, cherchant leur nourriture dans la terre retournée; les belles prairies d'un vert d'émeraude, à la bordure d'ajoncs, conservaient encore des fleurs d'or sur leurs branches épineuses... Un calme profond, une sérénité douce s'épandaient de ce paysage familier, et le cœur le plus troublé en aurait été charmé malgré lui.

Mais l'enfant obstiné ne vit rien, ou ne voulut rien remarquer, et, après un dernier baiser à sa mère, il se plaça sur la banquette près de son père, qui activa le trot du cheval, afin de couper court à cette scène désolante.

Le trajet se fit en silence : le père était trop froissé dans ses sentiments les plus chers pour pardonner complètement et causer à cœur ouvert; le fils, un peu honteux, malgré tout, n'osait pas entamer la conversation.

De quoi auraient-ils parlé tous deux? L'un ne voyait que cette nature qui avait su le captiver dès l'enfance; l'autre, la ville, où il croyait trouver les plaisirs rêvés.

Ils descendirent à Vannes dans un hôtel modeste dont M. Le Nollec connaissait et appréciait les hôtes. Après un déjeuner simple, mais bien préparé, les deux hommes se dirigèrent vers la place des Lices où se trouvait la demeure de l'avoué.

— Quel bon vent vous amène, M. Le Nollec? dit celui-ci en leur tendant une main cordiale.

C'était un homme de quarante ans environ, d'une extrême distinction; grand, bien fait, la tête expressive, avec de longs yeux noirs intelligents, et une bouche spirituelle.

— Si le corps est exempt de mal, l'esprit n'est pas satisfait à la ferme des Chênes, reprit M. Le Nollec.

Et sur un geste d'étonnement de l'avoué, il poursuivit :

— Vous connaissez, maître, l'attrait qui m'attache à la terre, vous savez mes projets sur mes deux fils...

— Eh bien?... interrogea M. Lamy.

— Si Yves a répondu à mes espérances, Jean dédaigne ce métier de laboureur qui l'a nourri jusqu'alors ; il veut se placer à la ville, et j'ai pensé à vous demander si vous voudriez le prendre comme clerc dans votre étude.

— Vous avez été bien inspiré, mon cher ami ; j'ai justement besoin d'un jeune homme en ce moment, et je prendrai volontiers Jean, qui est instruit, intelligent, enfin qui est votre fils.

— Merci, maître !... murmura le fermier ému en tendant sa main rude de travailleur aux doigts effilés de l'homme d'affaires.

Une chaude étreinte les réunit.

— Maintenant, mon enfant, reprit l'avoué, en s'adressant à Jean, laisse-moi te dire que tu quittes la liberté pour l'esclavage, et qu'à ta place je n'agirais pas ainsi.

— Nous lui avons dit les mêmes paroles ! fit M. Le Nollec avec découragement.

— Alors, puisque tu n'as pas écouté tes parents, je n'insiste pas, étant très sûr que tu ne tiendrais aucun compte de mes observations.

— Arrangeons-nous, maître Le Nollec, pour les appointements. Ils ne seront pas bien importants au début.

— Je ne vous en demande pas, M. Lamy. Seulement je vous serais bien obligé si vous pouviez le loger et le nourrir ; il nous serait pénible de voir Jean abandonné à lui-même dans une

chambre d'hôtel. Je vous paierai plutôt une certaine somme
pour sa pension.

— Bien, bien, madame Le Nollec, je vous comprends. Je vais
voir ma femme, et lui demander son avis sur cette question, qui
regarde surtout les dames.

Il sonna et dit à la femme de chambre d'aller prévenir madame
Lamy.

Quelques instants plus tard, elle entrait et saluait amicale-
ment M. Le Nollec et son fils.

C'était une jeune femme plutôt gracieuse que belle; mais tant
d'amabilité se lisait dans ses yeux bleus, qu'on pouvait la préférer aux plus jolies.

Mise au courant de la question, elle ne tarda pas à la résoudre.

— Certainement, nous pourrons loger Jean dans la petite
mansarde, où Mélanie lui montera ses repas. Cela vous con-
vient-il, M. Le Nollec?

— Si le dérangement n'est pas trop grand pour vous, Madame,
j'accepterai avec reconnaissance.

— C'est entendu, maître Le Nollec, dit l'avoué, et Jean peut
entrer à l'étude dès demain. Il pourra venir ce soir, si vous ne
comptez pas l'emmener avec vous; sa chambre se trouvera
prête : n'est-ce pas, Camille?

— Je vais donner l'ordre de la préparer.

Et l'aimable femme sortit, après avoir tendu sa main frêle au
fermier, et souri au jeune garçon.

M. Le Nollec remercia chaleureusement l'avoué qui lui enlevait une partie de ses inquiétudes.

Il lui aurait été pénible, et surtout à sa femme, de le savoir
seul dans cette ville où ils n'avaient pas de parents; ils connais—

saient les tentations qui assiègent les jeunes gens à leurs débuts dans la vie, et les redoutaient pour Jean.

— Nous allons maintenant chez les parents de Paul et d'Elisabeth, dit-il; tu seras très heureux d'y être reçu de temps à autre.

M. et madame Spernel tenaient à Vannes un important magasin de quincaillerie.

Madame Spernel était seule au magasin, avec une commise; son mari et ses enfants venaient de la quitter pour faire un tour de Rabine, promenade où la musique du régiment se faisait entendre.

— Quelle heureuse surprise! dit-elle. Et vous n'avez amené que Jean?

M. Le Nollec fit encore la triste confidence.

En femme de tact qu'elle était, madame Spernel, voyant le chagrin du fermier, ne s'appesantit pas sur la question; elle s'informa de sa famille, et termina en l'assurant que chez elle Jean retrouverait un foyer.

— Allez-vous le laisser à Vannes aujourd'hui? fit-elle, en coupant court aux remerciements de M. Le Nollec.

Et sur sa réponse affirmative :

— Il soupera chez nous, alors, et nous irons tous le conduire ce soir Place des Lices. Acceptez-vous aussi l'invitation, M. Le Nollec?

— Non, Madame, je vous en remercie; je dois rentrer de bonne heure à la ferme. Je vous laisse Jean, puisque vous voulez bien le retenir à dîner, et je vous quitte en vous priant de présenter mes amitiés à M. Spernel.

— Allez donc jusqu'à la Rabine, dit soudain madame Spernel; vous y trouverez nos trois promeneurs.

— C'est cela, et Jean reviendra avec eux.

Après un cordial au revoir, ils s'acheminèrent tous deux jusqu'à cette belle promenade aux larges allées bordées de grands arbres, qui longe la rivière. Là, se réunit tout Vannes lorsque la musique y joue.

En voyant tant de monde, Le Nollec désespéra d'y retrouver leurs amis avant un certain temps; aussi, voulant s'en retourner bien vite, en songeant aux tristesses de ceux qui l'attendaient :

— Dis-moi adieu ici, dit-il à son fils, puis cherche nos amis et offre leur tous mes compliments ; j'ai hâte de rentrer.

Il tendait la main. Jean y mit la sienne et regarda son père, comme pour lire ses pensées sur son visage ouvert. Mais les yeux du fermier erraient dans le vague, et les doigts se desserrèrent sans une parole venant du cœur.

— A dimanche!... cria le jeune homme un peu ému.

M. Le Nollec s'éloignait déjà à grands pas, il fit un geste de la main et disparut au détour d'une rue.

Cette foule, cette musique eurent bientôt raison de l'émotion légère du futur clerc, et c'est avec une satisfaction très manifeste qu'il se promena parmi les groupes, cherchant Elisabeth et Paul. Il ne tarda pas à les apercevoir assis sur un banc, et vint à eux le visage épanoui.

— C'est toi! fit Paul en se levant : Quelle bonne fortune t'amène? Tu es seul?

Après les salutations d'usage, Jean expliqua en peu de mots le changement qui allait s'opérer dans sa vie.

— Je ne vous en félicite pas, jeune homme, lui dit franchement M⸱ Spernel. Votre existence de libre laboureur eût été plus heureuse.

Jean fit un geste dépité. Tous lui diraient donc la même chose !

— Mais, père, riposta Paul, puisque Jean ne se plaisait pas à la campagne !

— C'est différent, mais malheureux quand même. Il est évident qu'il ne faut pas prendre ses occupations en dégoût, si l'on veut les bien faire.

Une lueur d'espoir passa dans les yeux de Paul ; il pensait sans doute que son père ne serait pas aussi récalcitrant qu'il se l'imaginait, lorsqu'il lui demanderait sérieusement à entrer dans la marine.

Elisabeth était pensive, en examinant le jeune villageois. Elle songeait, comme son père, qu'une fois la première fougue tombée, Jean regretterait l'existence familiale qu'il quittait si jeune encore.

Elle était bien jolie, cette Beth, sous ces grands arbres que traversaient les rayons encore tièdes d'un clair soleil d'octobre ! Dans sa robe de drap gros bleu, avec le toquet de velours assorti, orné d'une touffe de roses, elle rayonnait en sa beauté blonde.

L'orchestre jouait une variation sur les principaux airs de l'opéra de Faust, avec un ensemble vraiment remarquable.

Et Jean, assis près de ses amis, en voyant passer ces promeneuses aux luxueuses toilettes, en écoutant cette musique harmonieuse, se sentait heureux et joyeux, comme il ne l'avait pas été depuis longtemps.

Il ne pensait plus à la ferme cachée sous les grands chênes, aux êtres chers qui s'y abritaient, pleurant le départ de l'ingrat qui n'avait pas un regret vers eux.

Et lorsque, après un allegro brillant, l'orchestre eut cessé de

9

se faire entendre, il demeurait encore comme enfiévré par ce bruit, ce mouvement, ces groupes qui se formaient pour regagner la demeure.

— Il faut rentrer, mes enfants, dit M. Spernel.

. Elisabeth prit le bras de son père, et les jeunes gens les suivirent en causant joyeusement.

Après le repas, on passa au salon où se termina la soirée.

Mademoiselle Spernel, très bonne musicienne, se mit au piano et les charma tous par son jeu et surtout sa voix, qui, sans être très étendue, était pure et bien timbrée.

Jean était ravi.

— Ah! que j'ai été bien inspiré en abandonnant mon hameau pour la ville! disait-il tout bas à Paul. Je n'étais pas fait pour cette vie des champs, vois-tu ; il me fallait Vannes et tous ses attraits.

Mais le soir, quand il se trouva seul dans sa chambrette, sous les toit, il regretta la chambre qu'il partageait avec son frère, où montaient du jardin les parfums des roses et des résédas; il regretta surtout le doux sourire d'Anne et le tendre baiser de sa mère, et, en posant sa tête sur l'oreiller, il fondit en larmes, comme un grand enfant qu'il était encore, et fut bien longtemps avant de s'endormir.

Le lendemain, il avait les yeux battus, et un violent mal de tête lui serrait les tempes. Il n'en laissa rien paraître en prenant possession de son bureau dans l'étude des clercs. Il fit quelques copies, puis des courses à travers la ville, ce qui le divertit un peu.

Et cependant, lorsque le crépuscule le remena dans sa mansarde, qu'il s'attabla devant l'unique couvert, il sentit encore la tristesse l'envahir.

— Je m'y ferai, murmura-t-il ; ce changement dans mes habitudes est si grand !

Et pour réagir, il se hâta d'achever son repas, et s'en alla sur la Rabine, croyant peut-être y retrouver ses impressions de la veille. Mais les quais étaient déserts, le ciel sombre, et la chanson de la rivière, dont les flots battaient les berges, ne fit qu'augmenter sa mélancolie.

— Pourquoi mon père ne m'a-t-il pas mis en pension chez M. Spernel? se disait-il, tout en marchant. J'aurais été traité comme un hôte, on m'aurait admis à la table de famille, tandis que chez M. Lamy je suis regardé comme un gênant, qu'on relègue dans un petit coin. Quelle bonne soirée j'ai passée hier, et aujourd'hui !...

Et son caractère orgueilleux s'ombrageait de cette attitude de l'avoué envers lui. Il souffrait pour la première fois de cette infériorité qui le plaçait au second plan. Jusque-là, il avait toujours été traité en égal par tous.

Il ne se hâtait pas de rentrer, redoutant la solitude de sa chambre.

M. Spernel lui avait bien dit de regarder sa maison comme la sienne, mais il n'osait pas y retourner si tôt; sa délicatesse lui montrait qu'il ne devait pas abuser de l'hospitalité si gracieusement offerte.

Et, ce fut encore avec le cœur oppressé qu'il reprit enfin le chemin de la Place des Lices.

La route se fit moins gaiement qu'autrefois. (page 135)

VI. — Attente déçue

— Eh bien?...

Telle fut l'exclamation qui accueillit M. Le Nollec à son retour à la ferme, où tous se trouvaient réunis, attendant le maître pour le repas du soir.

— Eh bien! j'ai laissé Jean sur la Rabine où jouait la musique du régiment, heureux de se trouver en plein mouvement, et cherchant ses amis Spernel qui s'y promenaient.

— Il ne t'a rien dit au départ? interrogea madame Le Nollec.

— Il m'a crié : « A dimanche! »

La mère soupira, et ses yeux devinrent humides.

— Il aura hâte de nous revoir, fille. Et M. Lamy?

— Il a été charmant et a consenti à prendre Jean pour son logement et sa nourriture, en attendant qu'il soit au courant du travail de l'étude. Nous lui adresserons chaque semaine des provisions, suivant nos conventions.

— Je suis heureuse de le savoir chez M. Lamy ; j'aurais été si inquiète, si tu l'avais laissé livré à lui-même !

— Il est encore bien jeune, en effet, dit M. Kérel. Si l'avoué n'avait pu le loger, les Spernel l'auraient fait volontiers, je crois.

— J'y ai pensé, reprit M. Le Nollec, mais je préfère pour lui ce milieu sévère, dénué de distraction ; il fera ainsi un meilleur retour sur lui-même.

— C'est vrai ! s'écria Anne. Il comparera son isolement actuel à sa vie si entourée ici, et il verra qu'il a quitté le bonheur.

— Ah ! s'il pouvait nous revenir !... murmura Yves.

— Ayons confiance, mes enfants, fit le grand-père. Et surtout ne nous chagrinons pas outre mesure. Jean comprendra bientôt, comme dit Anne, que le bonheur est ici.

La vie reprit son cours à la ferme, en attendant le bienheureux dimanche qui devait ramener l'exilé, ainsi que l'appelait Yves.

Les jeunes gens chantaient et riaient tout le jour, comme s'ils avaient pris à tâche d'égayer leurs parents, qui ne pouvaient encore accepter cette désertion de Jean sans une immense tristesse ; mais leur gaîté était un peu factice : eux aussi regrettaient, eux aussi déploraient ce qu'ils appelaient la folie de leur frère.

Soudain ils en parlèrent ensemble.

— Aurait-il dû nous quitter ! disait Anne.

— La monotonie de notre existence de travailleurs lui pesait, répondait Yves ; il lui fallait la diversité qu'offre la ville.

— Il ne nous aimait pas, alors ? Quand on aime vivement ceux qui vous entourent, vois-tu, Yves, le plus grand chagrin est d'être forcé de les quitter. Or, nul ne l'obligeait à le faire !

Yves secouait sa belle tête brune sans répondre. Il lui était si dur d'être obligé de critiquer ce frère pour qui il avait une si tendre affection !

Le dimanche arriva, un dimanche ensoleillé, propice à la promenade. Anne et Yves se promirent de l'employer ainsi avec le cher attendu.

Jean avait écrit dans la semaine pour remercier des objets qu'on lui avait adressés, et raconter son nouveau genre de vie. Cette missive, au style concis, n'était ni enthousiaste, ni triste. Habitué à dissimuler depuis l'enfance, le jeune homme n'y laissait pas percer ses véritables sentiments.

Il promettait encore qu'il serait à la ferme le dimanche, dans la matinée.

Mais les heures se passèrent dans l'attente fiévreuse, et Jean ne vint pas.

Aussi, lorsque le repas de midi les réunit autour de la grande table, avaient-ils tous des airs attristés, et le prirent-ils dans un silence relatif, chacun cachant ses propres impressions pour ne pas rendre la peine des autres plus vive.

Ne voulant pas laisser les enfants, comme elle les appelait encore, perdre ce beau jour de congé en cette attente pénible, madame Le Nollec les engagea à se rendre à Sarzeau retrouver leurs amis Lotudy.

— Mais s'il venait, mère? protesta Yves.

— Il ne viendra plus, mon fils, l'heure est trop avancée. Il aura sans doute manqué le courrier.

Et, comme Yves protestait encore :

— Fais-le pour ta cousine, reprit-elle plus bas. Vois comme elle est blanche; la moindre émotion la fait souffrir, tu le sais.

Yves aimait bien son frère, mais son affection pour Anne l'emportait sur tout; aussi lui dit-il d'une voix caressante :

— Si tu le veux, Anne, nous irons jusqu'à Sarzeau.

— J'y consens, mais Jean?...

— Il aura été retenu, dit la mère; il est donc inutile de l'attendre.

— Alors ne perdons pas ce beau jour, fit-elle, un peu froissée par le sans-gêne du jeune clerc, et partons vite rejoindre Louise et Jacques.

Puis soudain, songeant à leurs parents qu'ils laisseraient seuls, avec leurs sombres pensées :

— Si nous restions, Yves? Mère surtout aura encore plus de peine aujourd'hui.

— Non, ma chérie, ne te prive pas de cette promenade pour moi, répondit madame Le Nollec, qui avait entendu ces paroles, montrant tout le cœur de la mignonne enfant. Je dois ranger ma lessive, et je profiterai de ces heures de solitude, car le père ira se promener avec le grand-père, après sa sieste.

Engagée et par sa tante, et par le beau soleil, Anne partit au bras de son cousin.

La route se fit moins gaiement qu'autrefois. Ils ne pouvaient oublier qu'ils l'avaient parcourue bien souvent en compagnie du frère qui aujourd'hui semblait les délaisser.

Aussi pressèrent-ils le pas, afin d'être plus tôt rendus auprès des amis, qui leur feraient oublier leur rancœur.

Un cri joyeux les accueillit, en effet.

— Nous allions à la mer, fit Jacques. Voulez-vous nous y accompagner, ou préférez-vous rester à Sarzeau?

— Il nous sera plus agréable de nous rendre à la grève, répondit Anne, qui avait toujours gardé un grand attrait pour les flots mouvants.

— Et Jean?... interrogea Louise.

Les visages des jeunes gens qui s'étaient rassérénés au contact de ces réelles amitiés, se rembrunirent à ce nom.

— Il ne viendra pas aujourd'hui, jeta Yves d'une voix brève.

— Il passera sans doute la journée chez les Spernel, reprit Louise.

Et dans son accent perçait une certaine jalousie. Elle en voulait au jeune homme de leur préférer ces simples connaissances de la ville.

— Eh bien! partons sans lui! dit Jacques, très vexé de l'abandon de ce camarade qu'il croyait tout à lui.

Maurice et Noël, charmants dans leurs costumes marins, sautaient déjà de joie à la perspective de revoir la mer.

— Et pas d'imprudence! leur dit madame Lotudy. Que personne ne se mette les pieds à l'eau; le temps est trop frais maintenant. Je te confie toute la bande, Yves.

— Soyez sans crainte, Madame, nous reviendrons tous exempts d'accidents.

La route, cette fois, fut pleine de charme pour Anne et Yves; entraînés par les rires et les plaisantes remarques de leurs gais compagnons, ils furent bientôt complètement débarrassés de cette idée absorbante, et se mêlèrent à la joie générale.

Aussi, lorsque l'on atteignit la plage, tous chantaient une

joyeuse chanson de marche, qui leur faisait marquer le pas en
cadence.

Faraud formait l'avant-garde, ivre de liberté.

Cette bonne impression ne dura pas, leur souci était trop
récent pour s'enfuir aussi vite.

Ils s'assirent au bord de l'onde, avec Louise et Jacques, pendant que les jumeaux, nullement fatigués, s'amusaient à faire
des ricochets sur l'eau calme et limpide, avec les jolis cailloux
blancs parsemant le sable. Malgré eux, ils regardaient la route,
comme si Jean devait y apparaître d'un instant à l'autre; mais
comme « sœur Anne, » ils ne voyaient rien venir.

Et la voix de la mer, cette voix qui nous semble si joyeuse
quand le bonheur nous environne, ne leur murmurait que de
mélancoliques choses.

— Ne trouvez-vous pas le chant de la mer plaintif aujour-
d'hui? demanda Anne, dont la nature primesautière ne pouvait
cacher bien longtemps ses impressions.

— Mais non! fit Louise. Elle jase au contraire très gentiment
avec le sable.

— Non, non! écoutez-la bien!... Elle semble raconter les douleurs dont elle a été la cause inconsciente. Elle me fait souvenir
de cette admirable poésie de Victor Hugo : *Oceano nox*.

— Récite-la, Annette, dit Yves doucement, en regardant sa
cousine.

— Oh! que cette pièce de vers est triste! fit Jacques. Je préfè-
rerais autre chose.

— Oui, mais elle est si belle, et Anne la dit si bien !

Anne se leva, et, appuyée au grand rocher gris qui leur donnait
son ombre, elle scanda les vers splendides du grand poète.

LA MEILLEURE PART

Oh ! combien de marins, combien de capitaines
Qui sont partis joyeux pour des courses lointaines,
Dans ce morne horizon se sont évanouis !
Combien ont disparu, dure et triste fortune !
Dans une mer sans fond par une nuit sans lune,
Sous l'aveugle océan, à jamais enfouis !

Combien de patrons morts avec leurs équipages !
L'ouragan, de leur vie a pris toutes les pages,
Et d'un souffle il a tout dispersé sur les flots !
Nul ne saura leur fin dans l'abîme plongée.
Chaque vague. en passant, d'un butin s'est chargée :
L'une a saisi l'esquif, l'autre les matelots.

Nul ne sait votre sort, pauvres têtes perdues !
Vous roulez à travers les sombres étendues,
Heurtant de vos fronts morts des écueils inconnus.
Oh ! que de vieux parents, qui n'avaient plus qu'un rêve,
Sont morts en attendant tous les jour sur la grève
            Ceux qui ne sont pas revenus !

On s'entretient de vous parfois dans les veillées.
Maint joyeux cercle assis sur des ancres rouillées,
Mêle encor quelque temps vos noms d'ombre couverts
Aux rires, aux refrains, aux récits d'aventures,
Aux baisers qu'on dérobe à vos belles futures,
Tandis que vous dormez dans les goëmons verts !

On demande : — Où sont-ils ? sont-ils rois dans quelque île ?
Nous ont-ils délaissés pour un bord plus fertile !
Puis votre souvenir même est enseveli.
Le corps se perd dans l'eau, le nom dans la mémoire.
Le temps, qui sur toute ombre en verse une plus noire,
Sur le sombre océan jette le sombre oubli.

Bientôt des yeux de tous votre ombre est disparue.
L'un n'a-t-il pas sa barque et l'autre sa charrue ?
Seules, durant ces nuits où l'orage est vainqueur,
Vos veuves aux fronts blancs, lasses de vous attendre,
Parlent encore de vous en remuant la cendre
            De leur foyer et de leur cœur !

Et quand la tombe enfin a fermé leur paupière,
Rien ne sait plus vos noms, pas même une humble pierre
Dans l'étroit cimetière où l'écho nous répond,
Pas même un saule vert qui s'effeuille à l'automne,
Pas même la chanson naïve et monotone
Que chanta un mendiant à l'angle d'un vieux pont !

Où sont-ils les marins sombrés dans les nuits noires?
O flots! que vous savez de lugubres histoires!
Flots profonds, redoutés des mères à genoux!
Vous vous les racontez en montant les marées,
Et c'est ce qui vous fait ces voix désespérées
Que vous avez le soir, quand vous venez vers nous!

En déclamant cette dernière strophe, la voix de la jeune fille s'était mouillée des larmes contenues à grand peine. Elle s'adressait aux flots qui continuaient leurs murmures.

Il sembla aux jeunes gens qu'ils se plaignaient, en effet, et se racontaient ces *lugubres histoires* dont parle le poète. Tous se taisaient, encore sous l'impression de la poésie évocatrice; les jumeaux eux-mêmes, qui avaient cessé leurs jeux, et s'étaient rapprochés pour mieux entendre, les jumeaux semblaient atterrés.

Et le petit groupe, tout à l'heure si animé, gardait un silence profond.

Mais à cet âge heureux de la jeunesse, les impressions s'effacent aussi vite qu'elles naissent; et bientôt, Maurice et Noël, pirouettant sur le sable, et tournant le dos à cette mer qui les avait assombris un instant, demandèrent, d'un air affamé, si l'on n'allait pas découper la belle galette.

Un éclat de rire accueillit leur demande.

— Cherchons endroit propice pour étendre la nappe, dit Anne.

— Mais où nous sommes! lui répondit Yves.

— Non; le sable volerait sur les mets et dans nos verres. Plaçons-nous sur cette roche plate; nous y serons fort bien.

Et, l'entrain revenu, ils discouraient, charmés et de la bonne galette et du ciel d'azur qui leur permettait de la partager au bord de la mer, dont les chants ne leur parlaient maintenant que de joie et d'espoir.

Lorsque Anne et Yves rentrèrent à la ferme des Chênes, ils avaient les joues rosées par le bon air salin, et les yeux brillants. Ce plaisir pris en commun leur avait détendu les nerfs qu'une semaine pleine de la mélancolie des regrets avait un peu surexcités.

— Jean nous a écrits! leur cria madame Le Nollec, en les apercevant dans l'aire.

Et le visage pâli de la mère, qui avait aussi souffert par toutes ses fibres, et souffert doublement puisqu'elle dissimulait sa souffrance, son visage rayonnait en se rappelant les tendresses renfermées pour elle dans la missive du jeune homme.

— Pourquoi n'est-il pas venu, mère? s'écrièrent-ils.

— Il a été retenu chez les Spernel. Lisez, du reste.

Jean disait qu'une partie à Conleau avait été projetée par ses amis et qu'il y avait été invité. Il ne pouvait refuser, cette famille s'était montrée si bonne pour lui. Mais il regrettait l'attente qu'il allait imposer aux siens; car, prévenu trop tard, sa lettre ne leur parviendrait que le soir.

Et pour se faire pardonner, les phrases s'arrondissaient sous sa plume, les mots caressants y abondaient; jamais il ne s'était montré si expansif.

— Comédien! murmura Anne, mais si bas, que personne ne l'entendit.

Elle lisait plus avant dans le cœur du jeune clerc, et n'y voyait qu'égoïsme et orgueil.

— Je crois qu'il est bien perdu pour nous, se disait-elle. A moins qu'un évènement survienne, qui lui fasse bien voir ce qu'il abandonne, il ne nous reviendra jamais.

Le jeune homme parut gêné. (page 142)

VII. — Courte réunion

Jean devait revenir pour quelques heures le dimanche suivant. Il arriva même le samedi soir, afin d'avoir plus de temps à
rester avec les siens.

S'il avait souffert pendant ces quinze jours passés loin de la
ferme, il n'y parut point.

Il se montra rieur, enchanté de sa nouvelle situation, et très
aimable envers tous.

Son père, qui conservait au fond du cœur l'espoir de le ramener à cette terre, son seul but, fut aussi très cordial pour lui, et
la paix ne fut pas troublée pendant ces instants de doux revoir.

Lorsque les deux frères se retrouvèrent le soir dans la chambre
commune, que pendant tant d'années ils avaient partagée, Yves
essaya de parler au cœur de Jean.

— Je me demande souvent comment tu peux vivre sans ta famille? lui dit-il, en le regardant d'un air d'affectueux reproche.

Le jeune homme parut gêné par le clair et bon regard de son frère, et ce fut en détournant la tête qu'il répondit :

— Que veux-tu, je ne pouvais vivre avec la perspective de devenir un laboureur; je te l'ai dit cent fois, et je te le répète encore : je n'aime pas ce métier.

— Mais c'est le meilleur de tous quand on sait l'apprécier, reprit Yves avec chaleur. Dans lequel trouverais-tu cette liberté, cette aisance, cette poésie?

Le laboureur n'est pas assujetti à une dure tâche; il peut, quand il le veut, prendre une heure de liberté.

Si ses travaux sont rudes parfois, combien il est récompensé de ses peines! La terre lui rend bien au-delà de ce que sa main diligente y a semé. S'il veut la travailler sans relâche, s'il sait s'entourer d'animaux qui, bien soignés, sont un profit pour lui, c'est l'aisance qu'il obtient en partage.

Et ce charme qui s'exhale de cette nature splendide avec laquelle il vit en une communion intime! As-tu oublié ces levers et ces couchers de soleil; ce chant de l'alouette qui plane au-dessus de nos têtes, comme pour nous encourager à tracer nos longs sillons; ce parfum que la brise nous apporte de la lande!...

Et la douceur de cette vie en famille que tu n'as pas trouvée là-bas, dans cette ville dont tu rêvais! Ah! frère, c'était la meilleure part que nos parents t'offraient, pourquoi ne l'as-tu pas compris comme moi?...

Le front de Jean était soucieux pendant cette énumération faite par Yves. Devant ses yeux assombris s'était peut-être

déroulé un instant le tableau séduisant de cette existence champêtre. Peut-être songeait-il aussi que la vie est bien courte pour
être en contradiction constante avec ceux qui nous aiment.

— Je ne cherche pas à discuter, dit-il enfin ; oui je crois aussi
que tu as choisi la meilleure part ; je ne te l'envie pas néanmoins, puisque mes idées me portent ailleurs.

Puis, réfléchis à ceci : nous ne resterons pas toujours à cet âge
insouciant de la jeunesse ; il viendra un moment où nous nous
créerons aussi une famille ; nous ne pouvons donc prétendre à
vivre toujours sous le même toit. Chaque oiseau se bâtit un nid
pour y recevoir sa nichée.   —

— Il était bien facile de transformer cette maison, d'y trouver
chacun notre place, et de continuer à y vivre près de nos parents,
protesta Yves.

— Tu as une âme de poète, mon cher frère, dit Jean gaîment,
et tu crois que tout peut s'arranger comme on le veut !

— Oui, en se faisant des concessions mutuelles.

— Il y a des natures qui n'en peuvent jamais faire. Tiens,
disons-nous bonsoir, et dormons, pour être frais et dispos demain.

— Bonsoir ! fit le grand Yves, d'une voix un peu attristée.
Mais laisse-moi l'espoir de te voir nous revenir un jour ?

Il n'est pas défendu d'espérer !

Jean affectait encore un air sarcastique. Au fond, il était ému
par les paroles affectueuses de son frère ; et sa chaude poignée de
main le lui montra.

Aussi Yves s'endormit-il le cœur un peu allégé.

Le lendemain, le ciel était sombre, et les gros nuages qui montèrent vers midi de l'horizon faisaient présager de la pluie pour le soir.

— Quel contre-temps fâcheux! fit Anne en entrant dans la salle où toute la famille était déjà rassemblée pour le dîner. Je suis sûre que nos amis de Sarzeau ne viendront pas cet après-midi. Et pourtant Louise me l'avait encore promis ce matin.

— Je suis persuadé que Jacques ne se laissera pas arrêter par un temps plus ou moins maussade, et je l'attends, dit Jean avec un peu de fatuité.

— S'il te prend pour exemple, il peut bien rester chez lui.

— Allons, Anne, ne reviens pas sur les choses passées, fit madame Le Nollec.

— C'est que je suis un peu nerveux, mère; je me promettais tant de plaisir de cette journée passée en pleine nature, et au grand complet, aujourd'hui, puisque toute la famille devait être de la promenade.

Puis Saint-Gildas a pour moi tant de charme!

— Oui, je me le rappelle, dit sa tante en riant. Tu aimais même son cimetière dans ta petite enfance.

— Où le chant du grillon était si triste près des tombes, fit M. Le Nollec.

Oh! Anne a toujours eu beaucoup d'imagination! comme son cousin Yves, qui lui ressemble sur ce point.

— J'en désirerais autant à Jean, riposta Anne; alors il trouverait tout ce qui l'entoure tellement beau, qu'il ne voudrait jamais partir.

— C'est vrai! murmura Yves.

— Console-toi, ma reine Anne, dit M. Kérel, pour changer le cours des idées de sa petite fille; tes amis vont bientôt apparaître. Je n'en dirai pas autant du beau temps : je le crois loin de nous pour tout le jour ; mais s'il pleut, nous resterons tous à la maison, où Louise et toi nous ferez des crêpes.

A ce moment la porte s'ouvrit, et, avec un pâle rayon de soleil, Jacques, sa sœur et les jumeaux entrèrent.

— Quel bonheur ! s'écria Anne. Vous arrivez pour le dessert, mes chers, et avec le soleil encore ! ajouta-t-elle, triomphante, en se tournant vers son grand-père.

— Ne te hâte pas de triompher, ma mie ! Tu sais que les vieux marins se trompent rarement sur cette question.

— Si aujourd'hui vous pouviez avoir fait erreur, pépé ?

Le vieillard secoua négativement la tête.

On avait fait place aux jeunes gens, qui bientôt cassaient gaîment les noix fraîches du verger, et croquaient ces pulpes aussi blanches que leurs dents.

Jean, avec une verve entarissable, parlait de Vannes, des connaissances qu'il y avait déjà, des plaisirs qu'il s'y promettait lorsque l'hiver aurait ramené les soirées.

— Elisabeth joue très bien du piano, disait-il ; elle chante, et m'a proposé de m'apprendre quelques mélodies. Quand je serai un peu exercé, nous étudierons des duos ensemble.

— Tu finiras par nous oublier au milieu de toutes ces distractions ! répondait Louise, avec un accent de tristesse.

Jacques ne dévoilait pas sa pensée, mais elle devait être identique ; ses yeux assombris le prouvaient.

— S'il nous oublie, s'écria Anne, nous ferons de même, et nous sommes assez nombreux pour que nos plaisirs ne soient pas entravés par l'absence de ce citadin !

Sa voix devenait mordante.

10

La pluie, cinglant les vitres, changea bien vite le sujet de la conversation.

— Vous aviez raison, comme toujours, grand-père! fit-elle, plaintive.

— Tu as la ressource des crêpes, ma petite.

— Si nous avions ici Beth et son piano, dit Jean, nous passerions un après-midi très agréable, malgré la pluie.

— Yves a sa flûte, il peut accompagner vos chants dit M. Le Nollec. Va la chercher, mon gars! ajouta-t-il en regardant son fils avec fierté.

Avec sa nature d'artiste, Yves avait, en effet, mis à profit les leçons de musique vocale reçues à l'école. Il avait acheté une flûte, et s'en servait très gentiment à ses moments de loisir.

Depuis quelque temps, il en jouait tous les soirs; pour oublier la désillusion apportée au logis par son frère; il se donnait tout à la musique, et tirait de son instrument, bien médiocre pourtant, des sons qui allaient à l'âme.

Lorsque Claudine eut enlevé le couvert, et rétabli l'ordre dans la salle, tous s'y réunirent de nouveau, et le jeune musicien joua de jolis morceaux, et accompagna Anne et Louise, dont les voix fraîches s'élevaient pures et cristallines, charmant tout l'auditoire.

Puis ce furent des poésies de nos meilleurs poètes, que chacun déclama tour à tour; et les heures s'écoulèrent, trop brèves, malgré l'inclémence du temps.

— Heim! Jean, tu vois que nous pouvons nous passer de Beth et de son piano! fit Anne, un peu moqueuse.

Le jeune clerc parlait à Jacques; il n'eut pas l'air d'avoir entendu.

Vers quatre heures, les jeunes filles dressèrent le couvert pour savourer les bonnes crêpes, dont l'appétissant parfum emplissait la pièce.

Et quand l'heure de se quitter arriva, la pluie avait cessé; de sorte que tout le monde en profita pour respirer un peu le bon air rafraîchi, en allant, jusqu'à moitié route de Sarzeau, conduire les amis qui avaient aidé à passer gaîment cette maussade journée de dimanche.

Le lendemain, dès l'aube, Jean partit à son tour.

Tous s'étaient levés pour lui dire au revoir, même le grand-père; seule Anne manquait, et le jeune homme s'en affligeait.

Il n'avait pas été sans s'apercevoir des airs parfois ironiques de sa cousine, et comme il l'affectionnait beaucoup, il en souffrait.

—Tu feras mes amitiés à Anne, se décida-t-il à dire à sa mère, ne voyant pas apparaître la jeune fille.

— Tu les lui offriras toi-même, mon fils, car la voici.

En effet, Anne, charmante dans son déshabillé du matin, avec sa longue natte d'or, lui tombant presque jusqu'aux talons, ouvrit vivement la porte.

— Je n'ai pas voulu te laisser quitter la ferme sans mon baiser, Jean, dit-elle.

Et elle lui présenta son front blanc.

Le jeune garçon l'embrassa affectueusement; ses yeux réflé-tèrent sa joie de ce réveil d'un amitié qu'il croyait détruite entre Anne et lui.

Il les quitta enfin, plus ému vraiment qu'à la première sépara-tion, en leur disant : « A dimanche! »

Sous sa coiffe de claire mousseline... (page 148)

VIII. — Un projet

Un jeudi de cette fin d'octobre, Anne se trouvait seule au
logis. Son oncle et son grand-père étaient aux champs avec Yves
et Pierre; sa tante aidait Claudine au lessivage du linge, et elle
raccommodait celui qui était déjà blanchi.

Car à la ferme, comme dans toute maison bien ordonnée, chacun avait ses occupations, et les heures passaient, rapides, en
cette saine activité qui donnait le repos à l'esprit et la santé au
corps.

Anne chantait, en travaillant dans toute cette blancheur de
linge fleurant bon la lessive, et ses mains actives semblaient
suivre le rythme de sa chanson joyeuse.

Sous sa coiffe de claire mousseline, avec son fichu blanc,
chastement croisé sur sa guimpe montante; dans ce cadre formé

à la fenêtre par la vigne-vierge aux feuilles pourprées, on eût dit une jolie nonette ravaudant le linge du couvent.

Soudain, levant la tête, elle aperçut son institutrice.

— Ah ! mademoiselle Marthe!... fit-elle avec joie.

Et, elle s'empressa d'aller à la rencontre de la jeune femme.

Et son fin visage se pencha vers celui de la visiteuse pour qu'elle y pût mettre un baiser.

— Je suis aussi bien heureuse de vous retrouver, ma petite Anne! dit l'institutrice, en montrant une joie aussi vive que celle de son ancienne élève.

Elles entrèrent dans la salle, où Anne se hâta d'installer sa maîtresse dans le meilleur fauteuil, et de lui servir vin et gâteaux.

— Reposez-vous, et restaurez-vous, mademoiselle Marthe.

Et pour l'inviter à le faire, elle-même prenait un siège, et croquait à belles dents les petits gâteaux secs.

— Je voudrais entretenir M. et madame Le Nollec d'une chose qui me tient au cœur, ma petite Anne. Vous savez que Louise, sans venir en classe tout le jour, suit le cours du brevet : ne voudriez-vous pas l'imiter? Je serais si fière de présenter mes meilleures élèves aux prochains examens !

— J'en serais aussi très contente, puisque vous l'êtes, Mademoiselle; mais je ne sais comment on prendra la chose.

— Oh! je le sais bien, moi! L'essentiel était d'avoir votre assentiment; puisque vous le désirez, vos parents n'y mettront pas obstacle. Tarderont-ils à rentrer?

— Non, fit la jeune fille en regardant la pendule; ils seront ici pour le goûter de quatre heures.

— Alors, en les attendant, remettez-vous à votre travail, ma chérie, et laissez-moi vous aider, tout en causant.

L'institutrice prit dans sa poche sa petite trousse, et fit bientôt voler son aiguille, de concert avec son élève.

Mademoiselle Marthe Merville dirigeait l'école de Sarzeau depuis une dizaine d'années.

Fille d'un petit employé, elle s'était trouvée sans ressources, ainsi que sa mère, après la mort prématurée de son père.

Marthe avait vingt ans à cette époque. Sans se laisser décourager, possédant ses deux brevets, elle demanda une place d'institutrice qui lui fut accordée dans un très bref délai.

Elle débuta comme adjointe; mais quatre ans après, elle obtint le poste de directrice à Sarzeau.

Madame Merville avait vu sa faible santé s'améliorer sous ce doux climat de Rhuis, et s'y plaisait autant que sa fille.

Il est vrai que la population, ayant reconnu le véritable mérite de la jeune fille, faisait tous ses efforts pour lui faire trouver le séjour de Sarzeau agréable.

Mademoiselle Merville était l'éducatrice par excellence; elle aimait ses fonctions délicates, elle en comprenait la grandeur. Elle n'instruisait pas seulement ses élèves dans les lettres et les sciences : elle les *élevait*.

Par elle, ces enfants étaient initiées à tout ce qui est grand et beau. Sa nature de poète savait faire éclore la petite fleur d'idéal que chacun possède, mais qui souvent, faute de culture, est étouffée sous le terre à terre de l'existence.

Dans la vaste cour de l'école se dessinaient de charmants parterres, et tous les murs gris, disparaissaient sous les plantes grimpantes.

Pendant les promenades du jeudi, lorsque l'avril ramenait le soleil et les hirondelles, mademoiselle Marthe faisait remar-

quer les moindres beautés de la nature. Et c'étaient maintenant
les élèves dont le goût s'affinait, qui les premières s'extasiaient
sur un blond rayon se jouant dans les verdures naissantes, sur
une jonchée de primevères émaillant la prairie, ou s'arrêtaient
pour écouter les trilles des rouges-gorges familiers, dont les
yeux scintillaient entre les branches.

Puis c'étaient de belles strophes des grands poètes que tel ou
tel site leur rappelait, et la directrice étai toujours là pour aider
la mémoire rebelle.

En se promenant, maîtresses et élèves étudiaient les plantes
des champs ; elles recherchaient ces *simples* si utiles en méde-
cine, et peu de leçons de botanique furent plus profitables.

Tout en élevant leurs esprits, mademoiselle Marthe savait
faire vibrer leurs cœurs. Jamais écolières ne furent plus dociles,
jamais amitié semblable ne les unit les unes aux autres

Dès qu'une fillette commençait à coudre d'une façon convenable, mademoiselle Merville lui faisait faire son petit trousseau,
et elle le trouvait prêt à la sortie de l'école. En achetant les
étoffes peu à peu, on ne s'apercevait pas de la dépense. Celles
qui n'en avaient pas les moyens, étaient aidées et par les maîtresses et par les élèves plus fortunées. Car la directrice était
admirablement secondée par ses adjointes.

C'est ainsi que la charité était pratiquée noblement par toutes : les riches aidaient les plus pauvres, et celles-ci acceptaient
sans fausse honte.

On enjolivait ce trousseau de broderies, de dentelles, faites
par les petits doigts agiles des fillettes, bien fières d'apporter à
leurs mères cette lingerie si finement terminée.

Les détails de la cuisine n'étaient même pas oubliés par made-

moiselle Marthe dans cette éducation qu'elle voulait complète.
A tour de rôle, les plus grandes élèves allaient s'y initier avec
madame Merville, et les plus capables s'en trouvaient récom-
pensées en étant invitées à partager le dîner préparé en commun.

— Je veux faire de vous de vraies femmes, leur disait souvent
ce grand cœur, uni à une si belle intelligence ; je veux que le
jour où vous vous formerez un foyer, vous soyez à même de le
diriger en rendant heureux tout ceux qui vous y entoureront.

Votre mari ne sera-t-il pas reposé de son travail, en trouvant
au retour une table bien dressée, aux mets simples, délicatement
préparés dans une salle où la plus extrême propreté règnera, ou
une gerbe de fleurs donnera son charme et son parfum ! Au lieu
de quitter son logis, il y restera, en compagnie d'une femme
aimable, ayant à ses côtés des enfants bien tenus et bien élevés.

Et ces fillettes devenaient, en effet, des jeunes filles charmantes, apportant la joie avec elles : telles Anne et Louise.

Encore ces dernières avaient-elles leurs mères qui étaient
vraiment capables de s'occuper de leur éducation ; mais combien
d'autres devraient tout à leur institutrice !

Mademoiselle Merville avait pris sa tâche tellement à cœur,
qu'elle n'aurait pas voulu quitter Sarzeau avant d'avoir vu toutes
ces enfants être devenues des femmes utiles. Aussi était-elle
décidée à refuser toutes propositions d'avancement, et à attendre sa retraite dans cette paisible bourgade.

Parmi ses préférées se trouvaient Anne et Louise ; leur nature
vraiment poétique sympathisait si bien avec la sienne ! Elle regrettait de ne plus voir la première à toute heure, et s'était décidée
à la demander à ses parents pour lui faire obtenir ce brevet, qu'on
est parfois très aise de trouver plus tard. Elle en était une preuve.

Vers quatre heures, en effet, tout le monde revint à la ferme.

Ce furent des exclamations joyeuses qui saluèrent la directrice. Elle ne pouvait s'absenter souvent, et ses visites étaient rares.

— Vous auriez dû nous amener madame Merville, dit madame Le Nollec, et vous auriez pu partager notre souper : nous eussions été si heureux de vous posséder quelques heures de plus !

— Vous êtes bien aimable, chère Madame, mais je craindrais la fraîcheur du soir pour ma mère.

— Venez alors, dîner dimanche prochain, fit le fermier, vous pourrez ainsi partir plus tôt.

— J'accepte. Mais à votre tour, vous répondrez affirmativement à la demande que nous voulons vous faire, Anne et moi?

— Que désirez-vous? fit-il avec un bon sourire.

— Je voudrais préparer Anne à ses examens, et je vous prierai de la laisser venir à Sarzeau deux heures par jour.

Le visage de l'agriculteur s'était rembruni.

— Je regrette de vous contrarier par un refus, mademoiselle Marthe. Je ne tiens pas à ce que notre petite Anne prenne toute cette peine, puisqu'elle ne se servira pas de ce brevet : n'est-ce pas, femme?

Avant de répondre à son mari, madame Le Nollec s'adressa à sa nièce et à son fils.

— Laissez-nous un instant discuter cette question avec mademoiselle Marthe et votre grand-père, mes enfants.

Dociles, ils sortirent; et Anne eut un radieux sourire à l'adresse de sa tante et de son institutrice, comme pour leur dire : « Vous vous comprenez si bien que vous vous entendrez. »

— Je trouve que la demande de mademoiselle Marthe nécessite quelques réflexions, mon cher mari, reprit madame Le Nollec. Anne n'est pas notre fille, et si un jour elle veut nous quitter — il faut tout prévoir — nous devons lui assurer les moyens de gagner honorablement sa vie. N'est-ce pas votre avis, père?

—Tu as un peu raison, Yvonne; mais je ne crois pas que Anne se décide jamais à abandonner sa famille et son pays.

— Je ne le crois pas davantage, dit le fermier avec feu. Anne serait ma fille, qu'elle n'aurait pas plus à cœur cette vie libre qui est la nôtre.

Voyez-vous, mademoiselle Marthe, l'instituteur de Jean m'a aussi supplié de le lui laisser; j'ai fait cette folie, et mon fils, se croyant sans doute au-dessus de nous par son diplôme, a dédaigné la campagne pour la ville.

— Je t'ai déjà dit, mon ami, que cet enfant avait toujours eu ces idées.

— C'est possible; mais si j'y avais coupé court plus tôt, peutêtre aurais-je pu les courager.

Non, non, les enfants des paysans ne doivent pas abandonner la terre. Qu'on laisse donc les places aux citadins, s'ils en ont besoin, et que les agriculteurs restent à leurs charrues.

— Je vous approuve pleinement, M. Le Nollec, dit l'institutrice avec chaleur. Cette idée que vous venez d'esquisser, je l'approfondis souvent devant mes élèves, et je sais que les instituteurs m'imitent. J'ai même composé une poésie où je retrace cette vie charmante des champs ; je vous la donnerai.

Mais il ne faut pas pousser les choses à l'extrême. Plus le paysan sera instruit, mieux il comprendra l'utilité et la noblesse de sa profession, qu'il ne dédaignera plus.

Laissez-moi Anne qui désire travailler encore, et vous n'aurez pas à le regretter dans l'avenir.

— Je le souhaite, Mademoiselle! dit le fermier, un peu ébranlé. Qu'en dites-vous, grand-père? Qu'en penses-tu, Yvonne?

— Je dis qu'il faut laisser Anne agir selon ses goûts : elle est encore si jeune !

— Et moi je pense qu'il faut la laisser libre maîtresse de se créer sa destinée. J'y songeais déjà à ce diplôme. Si elle l'obtient et qu'elle veuille rester au milieu de nous, j'en serai la plus heureuse : ne me remplace-t-elle pas la fille que j'ai perdue? Mais si elle veut changer sa situation, elle en aura les moyens.

— Allons, mademoiselle Marthe, votre cause est gagnée, dit M. Le Nollec. Je n'ai pas d'inquiétude, car je suis persuadé que notre chérie ne nous quittera jamais.

Les jeunes gens furent rappelés, et l'on annonça à Anne qu'elle suivrait le cours du brevet élémentaire.

— J'en suis bien aise! fit-elle. Je regrettais parfois mes études.

— Tu ne veux pas te faire institutrice, Anne? interrogea Yves, une inquiétude au fond de ses yeux soudain attristés.

— Rassure-toi, dit-elle. Il faudrait vous laisser pour cela, et je ne le ferai jamais...; si du moins vous ne me renvoyez pas? ajouta-t-elle avec une pointe de malice.

— Te renvoyer, chérie !...

Ce cri partit de toutes les lèvres.

— Je recommencerai mes leçons demain, mademoiselle Marthe, dit-elle.

— Et j'en suis très satisfaite. Outre vous et Louise, je présenterai Marie et Hélène; mais vous serez l'honneur de la classe toutes deux, j'en suis sûre.

Mademoiselle Merville prit congé.

— Si tu veux, Yves, dit Anne, nous accompagnerons Mademoiselle jusqu'à Sarzeau?

Et tous trois partirent, sous les rayons empourprés du soleil.

Lorsque les deux jeunes gens revinrent le soir tombait.

Yves revint encore sur cette question du brevet; son inquiétude ne semblait pas complètement dissipée.

— Réponds-moi bien franchement, Anne : tu ne te serviras pas de ce diplôme?

— Mais je te l'ai déjà dit, Yves!

— Répète-le, alors. Je serais si triste à la ferme, s'il fallait t'en voir partir!

— Tu ne le seras pas, grand frère; jamais, jamais je m'en éloignerai : je te le jure!

— Oh! merci!...

— Ecoute, Yves, reprit-elle, après un silence. Tu sais que je me croyais la vraie petite fille de mère; lorsque une compagne m'a appris — pas pour me chagriner, la pauvre! — que je n'en étais que la nièce, j'ai pleuré toutes mes larmes, me demandant, avec angoisse, si vous continueriez à me garder à la ferme. Les enfants ont parfois de si étranges idées !

Oui, Yves se souvenait de ce soir de printemps où Anne était entrée si pâle dans la salle, et se jetant tout en pleurs dans les bras de sa tante, lui avait demandé, avec une épouvante qui agrandissait ses yeux, si elle resterait toujours avec elle.

— Pourquoi cette question et ces larmes, chère mignonne? avait répondu l'aimable femme.

— Parce que je viens d'apprendre que je ne suis pas ta fille.

— Tu es ma fille d'âme, chère petite, et tu seras toujours ici la bien-aimée de tous !

Et elle l'était toujours, la jolie charmeuse ; sans elle, la ferme aurait perdu tout attrait pour ses habitants.

Lorsqu'ils y entrèrent, le couvert était dressé dans la grande salle, et l'on n'attendait plus qu'eux pour servir le souper.

— Arrivez donc, retardataires ! leur cria M. Le Nollec.

— Nous vous promettons quelque chose de charmant pour le dessert, fit Anne.

Lorsque sa tante, le moment venu, demanda l'exécution de la promesse, Anne tira de la pochette de son tablier un papier qu'elle déplia lentement, épiant les yeux curieux de Claudine, et le tendant à Yves :

— Fais-nous la lecture de la belle poésie de Mademoiselle, dit-elle.

Le jeune homme qui l'avait déjà lue à Sarzeau, la déclama, pour ainsi dire, d'une voix bien timbrée ; toute son âme passait dans ces vers retraçant la vie heureuse du laboureur, toute son âme de paysan attaché à cette terre, qu'il aimait autant que sa mère.

Et tous l'écoutaient remués par l'évocation de cette nature qu'ils comprenaient si bien, tous, même le pâtre, dont les yeux brillants disaient le plaisir.

LA JOURNÉE D'UN SAGE

A l'heure où l'alouette, en saluant l'aurore,
Egrène dans les airs son chant vif et sonore,
En montant vers l'azur, ivre de liberté,
Le laboureur s'éveille. Avec sérénité
Il ouvre sa fenêtre aux parfums de la brise
Qui, dispersant du soir la lourde brume grise,

Monte de la vallée où le printemps béni
Fleurit chaque buisson et remplit chaque nid.

« Le temps est beau, dit-il, et propice à la terre !
» Femme, il faut se hâter. » L'active ménagère
Est debout aussitôt, préparant le départ.
Un baiser aux enfants, et le paysan part
Pour les champs.
       Tout le jour penché sur la charrue,
Il travaille joyeux . Une herbe haute et drue
Donne le doux espoir d'une riche moisson ;
Des pommiers, où déjà se niche le pinson,
Sont tout rosés des fleurs annonçant l'abondance...
Et, libre sous le ciel, le laboureur s'avance,
Près de ses grands bœufs, au pas pesant mais sûr.
Midi tinte au clocher s'élançant dans l'azur,
Et les sons affaiblis de la sainte prière,
Lui viennent de la lande où fleurit la bruyère.
Et, grave, ôtant son feutre, il dit son *Angelus*.

Il dételle ses bœufs et ne travaille plus.
Là-bas, sous les rameaux, un rayon d'or s'allume,
Lui montrant la maison, au toit jauni qui fume,
Et l'invite au repos, près des êtres aimés.
Il retourne vers eux, et ses regards charmés
Ont vu la grande table où, comme aux temps antiques,
Les maîtres prennent place auprès des domestiques.

« Voici le père ! » ont dit les enfants tout joyeux.
Et la mère, un reflet de joie en ses grands yeux,
Se hâte de remplir les assiettes fleuries.
L'on mange, devisant : du foin dans les prairies
Déjà prêt pour la faulx ; des ajoncs pour les bœufs
Que le pâtre a coupés le matin ; des beaux œufs,
Des poulets et du beurre à porter à la ville...

Ces ordres sont donnés à tous d'un air tranquille,
D'une voix calme, et tous s'empressent d'obéir.
Là, pas de beau parleur, tout prêt à discourir
Sur les droits de chacun ; ils acceptent leur tâche
Sans s'en inquiéter, travaillant sans relâche,
En suivant le chemin de l'austère devoir.

Le repas terminé, le fermier s'en va voir
L'étable et le cellier, les ruches des abeilles,
Qui butinent déjà leur miel dans les corbeilles
Où croissent les œillets, les sauges et puis le thym.
Il semble satisfait de son calme destin.
Assis sur le vieux mur où s'ouvre la pervenche,
Avec son petit gars qui, folâtre, se penche,

Et qu'il retient d'un bras aimant et protecteur,
Il sourit de plaisir, le bon cultivateur,
A la ferme, où s'abrite une belle famille,
A la terre, au soleil, regard de Dieu qui brille
Et fait naître la fleur, et mûrir les blés d'or.
Puis, embrassant son fils. il s'achemine encor
Vers les champs; il reprend son active journée.

Ainsi passent ses jours, tout le long de l'année,
Le grand travail encore et toujours est sa loi.

O laboureur! qui donc est plus heureux que toi?
Tu n'as qu'un Maître, Dieu! Tu vas, exempt d'envie,
Travaillant sous le ciel qui toujours te convie
A vivre plein de paix et de douce gaîté,
Dans l'immense nature à la pure beauté.
Si parfois la tempête anéantit ta peine,
Tu sais que le Dieu bon te donnera certaine
La prochaine récolte, et vis dans cet espoir,
En bénissant son nom le matin et le soir.

Et ces plaisirs charmants, toujours pris en famille,
Près de l'âtre, l'hiver, quand l'ajonc d'or pétille,
En exhalant encore un doux parfum de fleur!
Et ces danses sur l'aire, et ces chansons en chœur!...

Oh! reste dans tes champs remplis de poésie!
Que ton âme de sage en prenne l'ambroisie;
C'est une pure ivresse, elle élève les cœurs,
Et les fait de tout mal à jamais les vainqueurs!

— C'est une belle poésie! fit le fermier. Nous la garderons, enfants; elle peint si bien et nos occupations, et ce coin de terre où nous sommes si heureux!

— Mademoiselle Marthe s'est inspirée de ce vers de Virgile, dit Yves : « Heureux l'homme des champs, s'il connaît son bonheur! »

— Elle a bien réussi à peindre ce beau vers, dit madame Le Nollec. Elle avait raison tantôt en nous disant qu'elle comprenait la vie champêtre, si grande dans sa simplicité.

— Ne possèdes-tu pas ce livre de Virgile, mon petit? demanda M. Kérel.

— Oui, grand-père; c'est vous-même qui m'en avez fait présent.

— Je me le rappelle. Va le chercher, et continuons notre soirée en le lisant : tu lis très bien, mon gars !

Le jeune homme rougit de plaisir à ce compliment, et alla chercher les Georgiques du doux poète de Mantoue.

Et les heures semblèrent trop courtes à tout cet auditoire tenu sous le charme des splendides descriptions. Un cri de regret s'éleva, lorsque Yves dut fermer le livre.

— Nous le reprendrons dimanche en présence de Jean, dit M. Le Nollec. Il verra comment un grand poète a chanté ce qu'il traite avec mépris !

Et chacun regagna sa chambre. Les semailles étant commencées, il fallait être debout dès l'aube.

Les noms se détachaient en noir... (page 169)

IX. — LES EXAMENS

C'est à Vannes, le chef-lieu du Morbihan, que se passent les examens pour le département.

Vannes, dont le nom primitif était *Govened*, fut la capitale des *Venètes*, que combattit Jules César. Après la destruction de leurs flottes par le conquérant de la Gaule, ils durent se soumettre à la domination romaine. Cette ville suivit ensuite le sort de la Bretagne.

Pendant la guerre de succession de cette province entre Charles de Blois et Jean de Montfort, Vannes supporta plusieurs sièges. Cette guerre se termina en 1364 par la bataille d'Auray.

Vannes est donc une vieille ville. Elle possède de curieuses maisons à galeries dans des ruelles tellement étroites que l'on pourrait presque se tendre la main d'une fenêtre à l'autre. Sur

l'une de ces maisons se voient de burlesques sculptures représentant Vannes et sa femme.

On y remarque encore comme anciens monuments la cathédrale, de style gothique, avec d'antiques tombeaux d'évêques et
de beaux autels en marbre; la Tour du Connétable, appelée ainsi
parce que le connétable de Clisson y fut enfermé par Jean IV,
puis la vieille porte Saint-Vincent, surmontée d'un écusson
armorial et flanquée d'une tour à créneaux.

De beaux monuments modernes s'y trouvent aussi; l'hôtel de
ville est très majestueux avec son large perron orné de deux lions
en bronze, ses colonnes et son grand escalier de marbre. La salle
des fêtes y est de toute beauté. Un petit musée est installé au
deuxième étage. Le collège et la préfecture ne dépareraient pas
une plus grande ville. Le parc de ce dernier monument, de style
Louis XIII, est immense, planté d'arbres d'essences diverses,
fort bien venus, et de ravissantes corbeilles de fleurs.

La bibliothèque et le musée se dressent place des Lices. Ce
musée est un des plus riches qui existent en antiquités celti-
ques.

Et sur la promenade de la Rabine, qui, avec celle de la Garen-
ne, est l'un des endroits favoris des Vannetais, se voit le joli
monument élevé à Lesage, l'illustre auteur de *Gil-Blas*.

Ce fut mademoiselle Marthe qui se chargea de conduire ses
élèves à Vannes pour les épreuves des examens.

Elles y arrivèrent dans l'après-midi du dimanche avec Yves,
qui avait voulu les accompagner, afin d'encourager sa cousine
jusqu'au dernier moment.

Jean, prévenu, se trouva au débarcadère.

— La musique joue sur la Rabine, leur dit-il, après les souhaits de bienvenue : voulez-vous que nous allions l'écouter?

Et comme Anne paraissait vouloir protester :

— Jean a raison! fit mademoiselle Marthe. Il faut enlever votre esprit à l'obsédante idée des examens. La musique vous distraira et vous détendra les nerfs.

Tous s'acheminèrent vers la Rabine où ils retrouvèrent la famille Spernel.

Ce furent des demandes sans fin des postulantes à Elisabeth sur les examens.

— Ne vous en épouvantez pas à l'avance, leur dit la jeune fille, et tâchez de conserver tout votre calme. Lorsque le premier devoir aura été donné, vous vous y plongerez aussi naturellement que si vous vous trouviez dans la classe habituelle. Quant à l'examen oral, il se passe mieux encore; la joie du premier succès vous laisse tous vos moyens, et vous en profitez pour répondre à toutes les questions, obtenant ainsi le triomphe complet.

— Tu en parles à ton aise, Beth! fit Anne. On voit bien que ces heures douloureuses sont loin de toi. Rien qu'à la pensée de les affronter, je frissonne de crainte.

La jeune fille était, en effet, fort pâle.

Yves la regardait avec inquiétude.

— Si tu devais en tomber malade, Anne, lui dit-il affectueusement, il faudrait laisser là tous ces examens! Tu n'as nullement besoin de ce diplôme, Dieu merci!

— Non, Yves! s'écria-t-elle en se reprochant son épouvante; ce serait lâche de reculer au dernier moment. Puis je ferais de la peine à Mademoiselle. J'ai travaillé en vue de passer ces examens, je subirai l'épreuve.

Allons, n'en parlons plus, et efforçons-nous de ne plus y penser, en écoutant cette ravissante musique.

Ils prirent des sièges, et oublièrent bientôt toutes préoccupations. Les harmonieux accords de l'orchestre, toute cette foule joyeuse, qui les entourait, les enlevèrent à leurs idées noires.

Yves les quitta vers le soir, les laissant avec l'aimable famille Spernel qui emmena institutrice et candidates souper avec elle. Jean fut aussi compris dans cette invitation.

Après le repas, on passa au salon, où Elisabeth, avec sa bonne grâce habituelle, joua les morceaux les plus gais de son répertoire.

— Il faut être tout à la joie avant d'aller affronter les juges redoutables! disait-elle dans un joli rire.

Et bientôt, reprenant la gaîté de leur âge, les jeunes filles chantèrent avec entrain.

Aussi la nuit se ressentit-elle de cette soirée improvisée; elles dormirent fort bien, et se trouvèrent au réveil fraîches et bien disposées pour se présenter devant le juge.

C'est dans une des salles de la préfecture que les jeunes filles sont réunies pour les épreuves écrites et orales. Deux longues tables recouvertes de tapis en drap vert, les attendaient avec tous les accessoires voulus.

Une centaine de postulantes y pénétrèrent, le cœur ému; elles se placèrent en silence, et attendirent, le regard anxieux.

Anne avait comme voisines deux fillettes inconnues, dont une brunette à l'air décidé, et une petite blonde aux yeux craintifs. Louise, et les autres élèves de mademoiselle Merville, se trouvaient, dispersées aussi, à la table opposée.

L'un des professeurs du collège entra, une enveloppe cachetée à la main.

— Préparez-vous pour la dictée, Mesdemoiselles! dit-il, en dépliant son papier.

C'était une jolie page d'André Theuriet, intitulée *La Saint-Jean,* et pleine de fleurs et d'effluves printaniers.

Les aspirantes paraissaient comprendre ce style facile et gracieux, aux phrases poétiques, retraçant une coutume antique et charmante, chère à toutes ces petites Bretonnes : le feu de la Saint-Jean.

Puis le professeur dictait très bien, et sa voix nette mettait chaque mot en relief.

Aussi quand le point final eut été mis, toutes poussèrent un soupir d'allégresse : le premier devoir était fait, et bien fait, croyait-on.

— Je vais maintenant vous donner le texte de la composition française, Mesdemoiselles, reprit le professeur.

Il décacheta une seconde enveloppe en tira un feuillet qu'il lut en branlant la tête, et il ajouta :

— Cette question est un peu ardue; mais faites de votre mieux, nous serons indulgents; la voici : « L'éducation doit marcher de pair avec l'instruction; la seconde n'est pas complète sans la première. Développer cette pensée. »

Un murmure se fit entendre. Ces demoiselles trouvaient, comme le professeur, que cette rédaction ne se ferait pas en se jouant.

Chacune écrivit cet énoncé d'une main un peu tremblante; puis toutes se firent de communes réflexions avant de commencer leur brouillon.

— Comment trouvez-vous ce sujet? demanda la brunette à Anne.

— Un peu ardu, comme le dit l'examinateur; mais après quelques réflexions on pourra le traiter, je crois.

— Moi, j'y renonce!... murmura la petite blonde avec des larmes dans ses grands yeux tristes.

— Un peu de courage, lui dit Anne de sa voix douce. Si vous vous rebutez dès le début, votre travail s'en ressentira. Quand même ce devoir serait un peu faible, vous pouvez vous rattraper sur une autre question.

— Ne pourriez-vous pas m'aider? reprit la pauvre enfant de plus en plus troublée.

— Cela ne serait pas loyal !

Et comme la jeune fille la regardait, ayant l'air de ne pas la comprendre :

— Voyez, reprit Anne, on nous observe; nous pourrions être éliminées pour cette conversation!

En effet, le professeur lança de sa voix grave : « Du silence, Mesdemoiselles ! »

Et toutes penchèrent la tête sur le papier, y faisant courir la plume.

Anne, désirant sortir victorieuses de la lutte, ne s'occupa plus de ses voisines, quoiqu'elle eût eu un serrement de cœur devant l'air attristé de la blondine, inerte en face de son cahier. L'autre écrivait, écrivait sans arrêt; elle mettait peut-être des sottises, mais les examinateurs en auraient à lire.

Une grande paix tombait des larges fenêtres donnant sur le splendide jardin de la préfecture, et des parfums de fleurs arrivaient, très doux, vers tous ces jeunes fronts essayant d'expliquer la grave question.

Anne relut son brouillon, y fit quelques modifications, et le recopia de son élégante écriture. Elle paraissait satisfaite de son œuvre, et sa bouche fine s'épanouissait en un sourire.

Elle l'avait eue si complète chez mademoiselle Marthe, cette éducation! Elle n'avait qu'à se souvenir de toutes les pensées développées pendant ces années d'école d'où elle était sortie instruite et bien élevée.

La petite brune avait aussi achevé sa tâche; quant à la blonde, c'est à peine si quelques lignes d'une écriture tremblante zébraient son papier.

— Croyez-vous avoir bien fait votre dictée? lui demanda Anne.

— Je ne sais; je suis tellement troublée!

— Ayez confiance! Il nous reste encore plusieurs épreuves à faire; vous écrivez bien, et si la question d'arithmétique est facile...

— Merci de vos bonnes paroles; mais je ne crois pas au succès; je suis découragée!

Et des larmes brillaient dans ses yeux.

— Vous avez un quart d'heure de repos, Mesdemoiselles, vint leur dire l'inspecteur. Vous pouvez sortir de la salle si bon vous semble.

Elles ne se le firent pas répéter, et comme un essaim d'abeilles travailleuses, elles rejoignirent dans le jardin parents et amis.

— Eh bien?... interrogea mademoiselle Marthe avec inquiétude, en voyant apparaître ses élèves.

Et toutes, parlant à la fois, donnèrent des détails et sur la dictée, et surtout sur la composition française.

— De l'ordre, mes enfants; sans cela je ne comprendrai rien, fit la maîtresse. Parlez d'abord, Anne.

— La dictée était charmante, Mademoiselle, et peu de difficultés s'y présentaient; je suis sûre que nous l'avons faite toutes quatre sans faute.

— Nous le croyons aussi, firent les autres.

— De qui est-elle?

— C'est une description de la Saint-Jean, par André Theuriet.

— Je la connais; elle est, en effet, pleine de poésie.

— La rédaction était difficile.

Et Anne décrivit le sujet, et la manière dont elle l'avait traité.

— Très bien, ma belle! Je crois que vous aurez de bonnes notes.

Louise et les deux autres élèves montrèrent aussi le tour qu'elles avaient donné à leur compositions, et mademoiselle Marthe put leur laisser entrevoir un succès.

— Si du moins la question d'arithmétique n'est pas d'une extrême difficulté.

Il fallut bientôt rentrer.

Le problème termina la première série des épreuves. Le résultat des compositions devait être affiché à la porte de la salle, dans la soirée.

Anne et ses compagnes se promenèrent sur la Rabine avec mademoiselle Marthe puis Elisabeth; mais la promenade était sans charme; l'attente les énervait.

En vain, la rivière chuchotait mystérieusement avec les fleurs de la rive; en vain, le grand soleil perçait de ses flèches d'or les épaisses ramures; en vain les oiseaux égrenaient leurs plus fraîches chansons, les jeunes filles ne voyaient rien, n'entendaient rien de ces douceurs des êtres et des choses.

Leur esprit n'était pas là, mais à la préfecture, où de graves professeurs notaient leurs compositions, et les heures leur semblaient sans fin.

Soudain elles aperçurent Paul et Jean qui, le bureau fermé, venaient les rejoindre.

— Pressez-vous! leur cria ce dernier; on dit que les noms des heureuses vont être affichés.

Et ce fut une course vers la préfecture ; tout l'entrain était revenu avec la perspective de la fin de ce supplice.

On n'eut plus à attendre, en effet; les noms se détachaient en noir sur la blancheur du papier.

Ceux des quatre élèves de mademoiselle Merville s'y trouvaient. Et ce furent des rires, des baisers, de joyeuses paroles : l'institutrice, les amis et le frère étaient aussi radieux qu'elles-mêmes.

Mais, hélas, pour ces quelques favorisées combien étaient exclues! Sur une centaine de candidates, il y avait à peine cinquante de reçues. Et les pleurs, les soupirs se mêlaient à la joie.

La brunette était parmi les élues; mais la pauvre petite blonde pleurait toutes ses larmes.

— C'est ce devoir de style qui m'a perdue! disait-elle à Anne qui était venue lui serrer la main, en lui adressant quelques douces phrases de consolation.

En la quittant, Anne était tout émue. Pauvre blondine qui, si jeune, devait déjà songer à gagner son pain ! Et, avec reconnaissance, la jeune fille pensait à la ferme, à tous les êtres aimants qui l'y attendaient, et n'avaient jamais permis qu'un inquiétude vînt courber son front.

— Il faut adresser un télégramme à nos parents ? dit-elle soudain à Jean. Ils seront si heureux là-bas de me savoir admise pour l'écrit !

Des dépêches furent lancées, et l'on regagna l'hôtel pour y manger d'un bon appétit.

— Je vous attends ce soir, leur avait dit Elisabeth ; nous ferons un peu de musique pour fêter ce premier résultat.

Et la soirée se passa le plus gaîment du monde.

Le lendemain après les épreuves de la deuxième série subies facilement : écriture, dessin et travail manuel, l'examen oral fut, pour Anne et Louise surtout, un triomphe complet. Les professeurs virent qu'elles ne répondaient pas comme des perroquets, mais avec jugement et réflexion.

— Vous destinez-vous à l'enseignement, Mademoiselle ? demanda l'inspecteur d'Académie à Anne.

— Non, Monsieur.

— Cela est regrettable ! Nous aurions eu en vous une bonne institutrice. Votre composition française est très satisfaisante. Tous mes compliments !

— Ils reviennent à ma maîtresse, mademoiselle Merville, Monsieur, dit Anne vivement. C'est elle qui a élevé mon esprit par son enseignement, son dévouement de toutes les heures !

Et le doux regard de la jeune fille allait chercher mademoiselle Marthe parmi le groupe où elle se dissimulait, confuse.

— Vous avez le sentiment de la reconnaissance, Mademoiselle , ce qui est assez rare. Tous mes compliments à mademoiselle la directrice de Sarzeau, alors, ajouta l'inspecteur en s'inclinant.

Mademoiselle Merville s'inclina aussi, tandis qu'un long murmure saluait son mérite.

Après de chaleureux mercis et de tendres « au revoir » à Elisabeth, elles partirent pour Rhuis, ayant hâte de fêter ces joies en famille. Mademoiselle Marthe accompagna Anne jusqu'à la ferme.

— Je vous ramène une conquérante, dit-elle, un bon sourire aux lèvres. Ah! M. Le Nollec, combien je vous remercie du beau succès que cette enfant m'a fait obtenir!

Et pendant le dîner que la directrice partagea, tout fut raconté.

— Et cela ne te rend pas plus orgueilleuse, n'est-ce pas, mignonne? interrogea le fermier.

— O père! Je ne crois pas le devenir jamais. L'orgueil est un trop grand défaut. Je suis fière, par exemple, très fière d'avoir mérité ce compliment à Mademoiselle, et aussi de vous être revenue avec mon diplôme. Mais croyez que je ne m'occuperai pas moins de tous mes travaux journaliers; au contraire!

— Je savais bien que ma petite fille me resterait simple et raisonnable! dit madame Le Nollec.

— Qui donc en avait douté ici?... fit-elle, toute rose, en regardant tout le monde à la ronde.

Mais elle rencontra des regards et des sourires si satisfaits qu'elle s'écria, rassérénée :

— Personne, je crois.

— Non personne ! dit le vieux grand-père en l'embrassant.

Yves ne disait rien, mais il paraissait être sous le charme.

Sa mère surprit ces yeux pleins de tendresse qu'il fixait sur la jeune fille, et elle sourit mystérieusement.

Le soir, lorsque les deux époux se furent retirés dans leur chambre, madame Le Nollec s'adressa soudain à son mari :

— J'ai fait un beau rêve!

— Dis-le moi, ma chère Yvonne.

— Je voudrais nommer notre Annette vraiment ma fille...

— En la mariant à Yves, n'est-ce pas? reprit M. Le Nollec.

Et comme elle inclinait affirmativement la tête :

— C'est aussi mon rêve. Depuis longtemps j'y songe; et si j'ai mis d'abord obstacle à cette obtention du brevet, c'est que je craignais de développer en notre chérie d'autres idées.

— Non, non! Son cœur est ici, il y restera; et notre Yves en sera bien heureux. J'ai vu ce soir qu'il l'aimait comme une fiancée.

— Et elle, crois-tu qu'elle consentira, Yvonne?

— Oui, car elle aussi sera au comble de ses vœux, qui ne se sont jamais écartés de notre toit.

— Dieu t'entende, femme, et nous rende Jean, et notre bonheur à tous sera complet.

Ils revinrent à pas lents... (page 181)

TROISIÈME PARTIE

LE VRAI BONHEUR

I. — CONFIDENCES

Depuis un an Yves est soldat : il paie sa dette à la patrie, en lui donnant quelques années de sa belle jeunesse !

M. Le Nollec regrette plus vivement encore le départ de Jean, qui aurait pu l'aider dans ces travaux des champs pour lesquels on n'est jamais trop nombreux.

Hélas ! le jeune homme persiste dans ses idées, et il continue à demeurer à Vannes. Il est très entendu aux affaires de l'étude ; M. Lamy en fait des éloges, mais le fermier reste froid.

Son but était de créer une seconde ferme à côté de la sienne, et de la donner plus tard à Jean en le mariant. Il aurait laissé celle des Chênes à son fils aîné, en continuant à l'habiter, et se serait partagé entre les deux frères, aidant, conseillant, vivant heureux enfin, au milieu de sa famille agrandie.

Yves, heureusement avait accepté de marcher dans le chemin tracé. Sans lui avoir encore parlé de leurs projets, ses parents caressaient plus que jamais l'espoir de l'unir à sa cousine, dès qu'il reviendrait du régiment.

La grande intelligence du jeune fermier, jointe à son caractère sérieux, à son entente des affaires, en avaient fait un homme avant le temps. Il était donc prêt pour la vie du foyer, la seule vraie, la seule donnant le peu de bonheur que nous pouvons goûter ici—bas.

Yves fut incorporé dans un régiment d'infanterie, en garnison à Nantes. Cet éloignement de sa ville natale avait été sa première peine. Si encore il avait été envoyé à Vannes, il eût pu venir chaque dimanche à la ferme, son exil en aurait été adouci!

Par des lettres fréquentes, dont les réponses ne se faisaient jamais attendre, Yves initiait les siens à sa vie de soldat, et restait toujours en communion d'idées avec eux. C'était le plus souvent Anne qui lui répondait.

Dès le soir même, sa plume courait, rapide, sur le papier pour montrer au cher exilé toute sa tendresse, et lui décrire les faits les plus insignifiants, sachant bien l'intéresser; ne se rapportaient-ils pas à la ferme qui, pour lui comme pour elle, était l'univers!

M. et madame Le Nollec voyaient avec joie cette intimité des deux cousins.

« Il est l'heure de la soupe, écrivait Yves, et je m'achemine

vers la caserne sans trop me hâter ; ce moment est le plus ennuyeux de la journée pour moi.

» C'est que je revois notre salle, avec sa grande table, qu'Anne
égaie et parfume d'une gerbe de fleurs, de ces fleurs de nos prés
que si souvent je lui ai cueillies au retour du travail. Ma mère
sert la bonne soupe dont tous les légumes ont été soignés par
elle, dans notre jardin, et ses yeux doivent s'arrêter, assombris,
sur les deux places vides de la table familiale !...

» Je serais moins attristé, mes chers aimés, si Jean était près de
vous ; il donnerait au père l'appui de son bras robuste, et il
vous aurait évité la dépense du valet qui me remplace.

» Mais je m'aperçois que cette lettre va vous causer de la peine,
et cela est mal de ma part. Quand je crains pour vous la fatigue
corporelle, je vais vous donner celle bien plus pénible de l'esprit.

» Gronde-moi, ma petite Anne, ma chère vaillante, qui sais si
bien t'oublier pour apporter aux autres la sérénité. Car ces mauvais jours passeront, et nous goûterons mieux, alors que nous
aurons supporté ces épreuves, les joies si vives du retour.

» Encore quelques mois, et je vous reviendrai pour travailler
à la vendange. Je préfère demander ma permission à ce moment, sachant combien je vous serai utile... »

Et toutes les lettres étaient ainsi pleines de tendresses et de
sages réflexions. Si parfois la tristesse l'emportait, il savait bien
se redresser pour ne pas trop désoler ceux dont les cœurs vibraient
toujours à l'unisson du sien.

Anne aussi cherchait dans ses réponses les mots propres à encourager, à relever le moral du libre travailleur de la terre qui
se débattait entre les murs de sa caserne, comme un oiseau,
avide d'espace, que l'on a enfermé entre les barreaux d'une cage.

« Je reviens de la prairie des saules, disait la jeune fille dans une de ses nombreuses missives, j'y ai porté le goûter à notre père. Que tout est joli déjà dans nos champs ensoleillés !

» Avril a fait éclore les primevères qui bordent le sentiers, et le buisson d'aubépine de la fontaine est tout blanc de fleurs.

» Je me suis assise un instant au bord de la source jaseuse; elle semblait me parler de toi, et reflétait tristement mon image solitaire. Tant de fois nous nous sommes penchés ensemble sur son onde limpide!...

» Tous ces souvenirs me sont doux et tristes à la fois, mon cher Yves, doux, parce qu'ils me rappellent ces jours heureux de notre enfance, tristes, puisque tu n'es pas là pour t'en souvenir avec moi, au clair gazouillis de la source.

» Tout te réclame, ici, tout te désire : Faraud bondit vers la porte dès que je prononce ton nom, notre Souris hennit tristement, et tes deux grands bœufs de labour marchent dans le sillon d'un pas plus pesant. Et que te dire de nos parents!...

» Ah! frère, combien il me faut de volonté pour égayer nos parents le soir, quand il me serait plutôt doux de pleurer avec eux le cher absent! Ton départ a laissé un si grand vide ici!

» Mais je ne veux pas pleurer, cela rougirait mes yeux, et si grand-père et toi n'alliez plus les trouver jolis? Quelle vilaine coquette je fais, n'est-ce pas?

Car *pépé* viendra aussi aux vendanges, et la joie sera alors si complète, que je ne puis m'empêcher de me réjouir à l'avance.

» Au revoir; je te laisse sur ce mot d'espoir, en t'adressant des doigts un bon baiser. »

Un beau matin de mai, Jean arriva tout affairé à la ferme.

— Une grande nouvelle, Anne! cria-t-il à sa cousine dès qu'il l'eût aperçue dans la cour.

— Dis-la moi bien vite, mon Jeannot.

— Elisabeth se marie.

— Ah! j'en suis heureuse! Et elle épouse?...

— M. Robert Dormille, pharmacien à Vannes.

Ils s'étaient assis sur un banc, ombragé par un beau chévrefeuille rosé.

— Je me souviens d'avoir vu ce jeune homme chez madame Spernel, reprit Anne; il a l'air d'un gentil garçon.

— Il est charmant sous tous les rapports, et notre amie Beth fait là un beau mariage. Il aura lieu dans un mois, avant le départ de Paul pour le service de l'Etat. Car il se fait marin, c'est décidé; dès qu'il sera libéré, il continuera ses études pour l'obtention du brevet de capitaine au long cours.

— Allons, voilà leurs voies tracées, ils n'ont plus qu'à les suivre, dit la jeune fille.

— Je suis invité aux noces, continua Jean, et Beth va t'écrire pour t'y convier aussi.

— Je déclinerai cette invitation, dit Anne. Je ne veux pas m'amuser lorsque notre pauvre Yves est malheureux.

Jean eut l'air contrarié.

— Quelle idée! Yves serait le premier à t'engager à l'accepter, au contraire.

— Oui, je sais combien sa nature est généreuse; mais je persiste dans ma résolution : je n'assisterai pas à ce mariage.

— Même si Elisabeth insistait?

— Même dans ce cas. Ce jour-là, je prierai pour son bonheur, je m'associerai en pensée à sa joie. Je ne désire pas quitter Rhuis

12

en ce moment, et tu seras bien gentil de le lui dire, mon Jeannot.

Je vais lui broder un écran pour son salon; il y a longtemps qu'elle le désire, ce sera mon cadeau de noce. Je le ferai sur satin en employant des soies aux nuances pâles, comme elle les aime, et je le donnerai à monter à Vannes.

Ils entrèrent pour annoncer le joyeux évènement.

— Et vous savez que Anne va refuser l'invitation de Beth, fit Jean, sous le prétexte qu'elle ne veut pas s'amuser en l'absence d'Yves.

Les yeux de madame Le Nollec eurent encore un regard significatif à l'adresse de son mari.

— Laisse ta cousine agir à sa fantaisie, mon enfant, dit-elle; tu sais bien que nous ne la contrarions jamais, car elle se conduit toujours en sage petite fille.

Après le dîner, Jean demanda à Anne si elle voulait l'accompagner dans le val. Et la jeune fille, toujours charmée de se promener en pleine nature, s'était hâtée de suivre son compagnon.

— Allez, enfants, leur avait dit madame Le Nollec; nous irons à votre rencontre vers quatre heures, votre père et moi.

Qu'il faisait beau dans ce val charmant!

Les mille petites merveilles que le printemps fait éclore émaillaient l'herbe et les vieux murs, qu'une mousse fine et veloutée revêtait par place.

Et Anne les aimait tant, toutes ces délicieuses plantes, qu'elle se baissait pour cueillir un brin de fleur à chaque touffe.

— Dis, Jean, ne trouves-tu pas plus agréable de se promener aux champs que dans la cohue d'une grande ville?

— La campagne est fort jolie en ce moment, répondit Jean qui paraissait vouloir éviter toutes discussions entre lui et sa belle cousine.

Jean la regardait, il voulait parler, puis semblait avoir peur de formuler sa demande.

Anne, avisant soudain un tronc d'arbre renversé près d'une petite source constellée de renoncules blanches, eut le caprice de s'y asseoir sous l'ombrage d'un ormeau déjà touffu; et son cousin se plaça à son côté.

Un couple de pinsons avait niché sa douce couvée à la plus haute branche de l'orme. Nullement effrayés, les mignons oiseaux continuaient leurs gazouillis joyeux, tout en voletant çà et là, en quête de nourriture pour leurs petits.

La jeune fille observait ce joli manège, ravie de cette confiance des chantres ailés.

— Ils ne se troublent pas à notre vue. Ils savent bien que nous avons toujours respecté leurs nids.

— Te souviens-tu des mésanges tombées de l'arbre pendant l'orage? demanda le jeune clerc.

— Oh! très bien! J'ai assez pleuré en les rendant libres! Il y a bien des années de cela, nous étions des enfants alors!

— Oui, et maintenant nous voici, toi une jeune fille, moi un jeune homme.

Jean sembla hésiter encore, puis prenant une résolution:

— Si tu le voulais, Anne, nous nous fiancerions comme Beth et Robert, et plus tard nous nous marierions ensemble.

Anne eut un sursaut d'étonnement.

— Nous sommes bien trop jeunes pour cela! fit-elle.

— Elisabeth n'a pas vingt ans, et tu vois qu'elle se marie.

— Oui, mais son fiancé en a au moins vingt-huit.

— Je ne te demande pas de nous marier de suite, Anne ; je sais bien que mes modestes appointements de clerc ne suffiraient pas à l'entretien d'un ménage; puis il me faut encore être soldat; mais plus tard, lorsque je me serai créé une situation, nous pourrions le faire.

— Et quelle serait cette situation? interrogea-t-elle, curieuse.

— Je compte acheter une charge d'huissier à Vannes.

— Et il me faudrait quitter nos parents, Rhuis, tout ce que j'aime pour aller habiter la ville que je déteste? Je devrais sans doute aussi délaisser ma blanche coiffe pour prendre un chapeau!

Jean eut un geste affirmatif.

— Jamais! s'écria Anne. Je n'abandonnerai jamais ma vie actuelle : fille des champs je suis, femme des champs je resterai, si Dieu veut que le mariage soit mon destin.

Ne me parle plus de ces folles idées, Jean; je t'aime comme un bon frère, tu le sais, et mon affection en serait diminuée.

Le jeune homme releva soudain la tête qu'il avait courbée sous les véhémentes paroles de sa cousine.

— Qui te dit que l'avenir te trouvera à la ferme, Anne? Yves se mariera un jour, et sa femme voudra sans doute garder tous ses droits au logis.

A ces mots, Anne pencha à son tour sa jolie tête; une vive rougeur, remplacée bientôt par une pâleur excessive, teinta son visage, et dans ses yeux passa une lueur d'angoisse.

Mais elle reprit très vite son premier aspect, et répondit :

— L'avenir est à Dieu, Jean, ne cherchons pas à soulever le voile qui le couvre.

Elle se leva, et il la suivit, morose.

Il ne continua pas la conversation; son orgueil le lui défendait; il lui montrait que, même s'il avait été laboureur comme Yves, la réponse de sa cousine eût été négative. Elle avait pour lui une affection fraternelle, voilà tout.

Ils rencontrèrent bientôt leurs parents, et revinrent tous quatre à pas lents vers la ferme, en causant des terrains qu'ils traversaient.

— Cette pièce de luzerne doit être coupée, disait le fermier. Que le bras actif d'Yves me manque! Le valet qui le remplace ne le fait qu'à demi. Et combien de mois à passer encore ainsi!...

Pas un mot de reproche au fils qui marchait, silencieux, à ses côtés.

Et ce beau dimanche, si gaîment commencé, s'achevait mélancoliquement, malgré les clairs rayons qui tombaient de l'azur.

Le refus d'Anne, les reproches muets de son père, jetaient Jean dans une désespérance qui lui semblait sans issue.

Quelques minutes avant le départ, il se trouva seul avec sa cousine. Alors, hâtivement :

— Tu ne parleras à personne de ce que tu appelles mes folles idées, n'est-ce pas?

Et sa voix d'orgueilleux était tremblante. Il souffrait d'être obligé de s'abaisser jusqu'à demander le silence.

— Sois en assuré, Jean; pas même à notre mère : ils ont bien assez de leur chagrin!

Le jeune clerc attendait peut-être une phrase, lui disant que sa présence à la ferme était devenue indispensable; Anne ne la prononça pas.

Et il s'en alla ce jour-là vers cette ville, qu'il avait souhaitée, la tête lasse et le cœur attristé.

Il alla vers son fils, la main tendue. (page 186)

II. — UNE BONNE RÉSOLUTION

Jean songe à sa fenêtre de la place des Lices, par une belle soirée calme, étoilée.

Le soleil vient de disparaître derrière les hautes maisons ; les hirondelles passent et repassent avec des cris joyeux, semblant jouer entre elles dans le ciel pur, avant d'aller chercher le repos de la nuit.

Le jeune homme les suit d'un regard mélancolique ; il se rappelle le couple fidèle qui niche depuis des années sous le toit ami de la ferme, et sa rêverie l'y conduit.

Pourquoi, moins reconnaissant que les gentils oiseaux, a-t-il déserté la chère demeure ? Aujourd'hui il commence à voir qu'il n'a pas choisi la meilleure part.

Mécontent de lui-même et des autres, il reste, ennuyé, à cette fenêtre, quand il serait si agréable de se promener au bord de l'eau par ce beau soir de mai. Il se sent seul, perdu dans cette ville, où l'unique maison amie qu'il eût va se fermer pour lui.

Lorsque Elisabeth sera mariée, Paul partira, et Jean perdra ainsi les gais compagnons qui remplaçaient en partie sa famille.

Le refus de sa cousine l'a surtout anéanti. A quoi bon continuer ces études de procédure qui éloignent de lui tous ces cœurs amis dont l'affection lui était si douce?

Ah! si son fol orgueil ne le retenait, comme il rejetterait au loin cette tunique de Nessus qu'il avait si imprudemment revêtue; comme il reviendrait vers son père, tendant les mains en signe de réconciliation! Il sait bien que toutes les mains s'ouvriraient pour presser les siennes, que toutes les âmes s'attendriraient pour consoler son cœur meurtri.

Pour la première fois sa solitude lui pèse; il serait ce soir avide de tendresse, mais son sot orgueil ne veut pas se déclarer vaincu. Il croirait s'humilier en reconnaissant son erreur, et il résiste au bon mouvement qui essaie de l'entraîner. Et dans cette lutte avec lui-même, il souffre, sans avoir le courage de fouler aux pieds cet absurde respect humain, qui mettrait pourtant un terme à sa souffrance.

Soudain son front abattu se redresse, ses yeux s'illuminent, et il s'écrie, plein d'enthousiasme : « Eureka!... »

Il vient de trouver, en effet, ce qui va faire cesser ses ennuis, en respectant son amour-propre. Il a pensé à s'engager avant que la loi ne le force à le faire, et, soldat, il permettra à son frère de revenir parmi les siens.

— Que je vais les rendre joyeux dimanche, se murmurait-il, en leur annonçant cette résolution! Je ne suis pas habitué aux travaux de la terre, mon aide ne leur serait pas très fructueuse, tandis que celle d'Yves sera accueillie avec bonheur.

Il restait un grand fond de bonté chez Jean, puisque sa première pensée était pour la joie qu'il allait causer aux siens.

— Et si ce métier des armes me plaît, reprit-il, pourquoi ne m'y créerais-je pas une carrière? J'ai assez d'instruction, en me perfectionnant encore, pour entrer dans une école militaire, d'où je sortirai sous-lieutenant.

C'est décidé, je m'engage, et je deviens un brillant officier. Ah! ah! mademoiselle Anne, vous regretterez peut-être plus tard votre dédain envers moi!

Il se rendait compte du prestige de l'uniforme sur certaines naatures, mais il ne connaissait pas complètement celle de sa cousine.

Heureux d'avoir trouvé une solution à son ennui, à ce malaise qui l'oppressait depuis quelque temps, le jeune homme sentit le besoin d'une petite promenade sur la Rabine; il voulait aller rêver au murmure de la rivière.

Il prit son chapeau, et, tout en sifflant un air martial, comme un futur officier doit le faire, il descendit lestement l'escalier de la demeure de l'avoué.

— Vous êtes bien gai ce soir, M. Jean? lui dit la vieille Mélanie, qu'il rencontra dans le corridor.

— C'est que je viens de gagner le gros lot, Lanie!

Et il s'enfuit en riant aux éclats.

— Est-il farceur! fit la grosse cuisinière, riant aussi.

Jean aurait bien voulu instruire son ami Paul de sa décision, mais où le trouver? Il ne voulait pas aller chez M. Spernel, il savait que le fiancé d'Elisabeth s'y rendait chaque soir, et il craignait d'être importun : son caractère était si ombrageux!

Comme si tout lui fût devenu favorable ce soir-là, il n'eut pas plutôt pris la première allée de la promenade qu'il rencontra Paul s'en revenant de son côté.

— Quelle bonne fortune! fit-il. Je te cherchais.

— Et moi, j'allais te relancer jusqu'à ta mansarde, répondit le jeune homme; je m'ennuyais tout seul.

— J'ai une grande nouvelle à t'annoncer, reprit Jean; et je te la ferais deviner que tu n'y réussirais pas, je crois.

— Ne te poses pas en sphinx, mon cher, et assouvis ma curiosité; tu sais que je n'aime pas les énigmes.

— Eh bien! je vais m'engager, je délivre Yves de ce métier qui l'obsède, et j'en fais le mien.

—Bravo! fit Paul, transporté. Je t'approuve pleinement, et je me demande comment tu n'y as pas songé plus tôt. Soldat, marin, voilà des situations agréables, mais se fourrer dans la chicane!..

Et les deux amis, au bras l'un de l'autre, se promenèrent jusqu'à une heure avancée de la soirée, en faisant de beaux rêves, comme il en éclot dans des cerveaux de vingt ans, à cet âge heureux où les belles illusions vous emportent sur leurs ailes d'or.

Lorsque, fatigué par toute cette expansion, Jean regagna sa chambre, il s'y endormit d'un sommeil profond et réparateur, après ces précédentes nuits où l'insomnie cruelle s'était penchée sur sa couche.

Avec quelle allégresse se mit-il en route pour Rhuis le surlendemain! Il pensait à la joie qui allait éclater quand il aurait fait part de sa virile résolution.

Ses parents et Anne se trouvaient dans la salle quand il y entra, l'air animé par toutes les pensées joyeuses qui l'avaient accompagné pendant la route. Anne qui craignait de l'avoir froissé, le constata avec satisfaction.

— Que tu parais gai, mon Jeannot! fit-elle.

— C'est que je me réjouis du bonheur que je vous apporte.

— Tu nous reviens, enfin!... s'écria madame Le Nollec en s'élançant vers lui.

— Non. Que feriez-vous de moi? je suis tellement novice pour ces choses des champs! mais je ramène Yves en devançant l'appel : je veux m'engager.

La mère eut un éclair de fierté dans les yeux, et la cousine une lueur de joie.

Quant au père, il alla vers son fils, la main tendue.

— Bien Jean, bien, mon gars; tu effaces en ce moment tous les chagrins que ton idée première m'avait causés!

Et l'attirant à lui, il lui donna un chaleureux baiser.

Les expansions du fermier étaient rares; aussi Jean vit combien il l'avait rendu heureux, et son âme tressaillit d'allégresse.

Puis ce furent madame Le Nollec et Anne qui l'embrassèrent à leur tour, en lui murmurant : « Nous savions bien que tu étais bon!»

Et ce jour-là, à la ferme, tous les cœurs battirent à l'unisson, aucune pensée discordante ne troubla la douce réunion.

— Tu t'engageras dans un des régiments de Vannes, n'est-ce pas, mon enfant? implora la mère. J'ai trop souffert en vivant ces longs mois loin de ton frère pour recommencer encore. Chaque dimanche tu pourras nous venir voir comme maintenant; cela sera moins pénible pour toi et pour nous.

Jean consentit encore; cette tendresse de sa mère le remuait, il en était fier.

— Je compte m'enrôler dans l'infanterie, dit-il. Et si je m'y trouve bien, je ferai mon avenir dans l'état militaire : tu n'y vois pas d'inconvénient, père ?

— Aucun ; clerc ou soldat, tu étais toujours perdu pour la terre !

Dans le ton du fermier perçait encore une grande tristesse ; il ne pouvait s'habituer à l'idée de ne pas avoir deux cultivateurs en ses fils.

— Je pourrai travailler pour entrer à l'école de Saint-Maixent, poursuivit Jean, et, si je réussis, j'en sortirai officier.

— Puisque tu préfères un emploi à la culture, dit madame Le Nollec, je crois que tu as raison de choisir celui-là.

Après le dîner, comme toute la famille se reposait à l'ombre de la tonnelle, des chants et des rires se firent entendre.

— Je suis sûre que c'est toute la bande Lotudy, fit Anne.

En effet, les minois futés des jumeaux s'encadrèrent bientôt dans la baie fleurie de la charmille, suivis par Louise et Jacques.

— Que vous arrivez bien ! reprit la jeune fille ; nous avons une chose si intéressante à vous apprendre !

— Dites vite ? firent-ils, les yeux débordants de curiosité.

On leur fit place sur les bancs.

— A toi la parole, mon Jeannot, dit madame Le Nollec.

Et Jean confia à ses amis la grande résolution qui mettait au rayon au front de chacun.

Maurice et Noël battirent des mains à la pensée de voir Jean avec un grand sabre ; mais Jacques et Louise eurent plutôt l'air désappointé.

— Dans quel régiment entreras-tu ? demanda Jacques.

— Au 116ᵉ de ligne, à Vannes.

— Tant mieux, fit Louise ; nous te verrons plus souvent ainsi.

— C'est ce que j'ai dit à Jean, reprit madame Le Nollec. Il m'a tant coûté de laisser Yves partir, que je n'aurais pas voulu perdre encore mon second fils.

Et elle regardait le futur soldat avec amour. Ne venait-il pas de prouver qu'il était de nouveau de cœur avec eux!

— Pourquoi ne devancerais-tu pas l'appel, Jacques? interrogea Jean. Nous pourrions nous trouver ensemble au même régiment.

— Non; j'attendrai le tirage. La perspective d'aller au régiment ne me charme pas comme toi, vois-tu, ajouta le jeune jardinier d'un air ironique. J'aime bien mieux soigner les arbres, les légumes et les fleurs que de faire l'exercice. Quand le moment sera venu, je partirai sans faiblesse, mais aussi sans enthousiasme. Elle est si dure cette vie militaire pour nous, habitués à l'indépendance!

— Et si la France en danger réclamait l'aide de tous?... reprit encore Jean.

— Oh! alors, je la lui donnerais, et sans une hésitation! Je laisserais là mes paisibles occupations journalières, et j'irais m'offrir, sans un regard en arrière, pour défendre la patrie, cette seconde mère que nous devons aussi aimer de tout notre cœur.

La voix du jeune homme vibrait en parlant ainsi.

— Très bien, Jacques! dit le fermier. Oui, tout nous invite à chérir notre foyer, mais nous devons être prêts à le quitter dès que la patrie le commande. Son honneur et ses intérêts sont les nôtres, et l'on serait un mauvais Français en ne le connaissant pas.

— Oui! dit Anne, les yeux brillants d'une belle fierté; tous nous devons nous unir dans ce pieux devoir.

Ces paroles trouvèrent un écho dans tous les cœurs.

— Voulez-vous aller jusqu'à Saint-Gildas avec la voiture? demanda soudain M. Le Nollec.

La proposition fut la bien accueillie.

— Allez atteler.

Les quatre jeunes gens ne se le firent pas répéter. Madame Le Nollec se leva aussi pour préparer un panier de provisions, ces jeunes appétits ayant les dents bien aiguisées; son mari la suivit, et les jeunes filles restèrent seules.

— Alors Jean abandonne la procédure? interrogea Louise.

— Oui; s'il se plaît au régiment, il y restera et passera les examens de l'école de Saint-Maixent; mais, tu sais, Louisette, il changera peut-être d'avis : trois ans sont longs!

— Ne ferait-il pas mieux, son congé fait, de revenir ici? où se trouvera-t-il plus heureux qu'au milieu des siens!

Et les grands yeux bruns de Louise devinrent rêveurs.

— Il est évident qu'il ne pourrait mieux faire. Je crois qu'il a de l'ambition, mon petit cousin, et que l'uniforme d'officier lui plairait fort. Enfin l'essentiel est qu'il remplace Yves; il lui permettra ainsi de nous revenir. Quelle joie ce jour-là, ma Louisette!...

— Je vois que tu préfères Yves à Jean.

— Oui, répondit Anne franchement; il a tous mes goûts, il partage toutes mes idées, et il est si bon!...

La voiture était prête. Tous y montèrent, excepté M. et madame Le Nollec.

Quelle jolie promenade ils firent à travers les champs ensoleillés, tout émaillés des fleurs que mai, le mois charmeur, avait jetées, en prodigue! Les buissons d'aubépines semaient sur leurs têtes une neige parfumée dans les chemins creux, et les oiseaux en liesse leur chantaient leurs plus belles chansons.

Pas un nuage ne tachait l'azur infini du ciel, et les cœurs de nos jeunes amis étaient aussi exempts de tous soucis.

Ce jour-là, les vaguettes du printemps semblaient ne se raconter que de riantes histoires, sur la grève de Saint-Gildas, et Anne ne songea pas à les interpréter. Elle mêla sa voix à leurs chuchotements câlins, et trempa ses pieds menus dans leur limpidité, qui reflétait sa gracieuse silhouette, sans leur demander leur secret.

Jean paraissait ne plus se souvenir de sa déconvenue du dimanche précédent; la nouvelle perspective qui se déroulait devant lui faisait entrevoir son avenir sous un jour différent, et ses rapports avec sa cousine étaient très naturels.

Anne en était très satisfaite; il lui aurait été pénible de sentir une froideur se glisser entre leur affection si cordiale jusque-là.

Aussi, quand elle lui dit au revoir le lendemain, après lui avoir fait promettre d'être le premier à annoncer à Yves la bonne nouvelle, lui donna-t-elle son plus franc baiser fraternel.

Faraud, après un aboiement sonore, s'élança comme un fou dans l'avenue. (page 194)

III. — Le retour

Ce ne fut pas pour quelques jours que revint Yves à l'époque des vendanges : il avait son congé bien en règle, et ne devait plus repartir pour le régiment.

Aussi, quelle effusion de tendresse il eut pour Jean !

Le jeune homme était allé le chercher à la gare de Vannes, revêtu de cet habit de soldat qui lui seyait fort bien. Dès que son frère l'eût aperçu, il courut à lui les mains tendues ; toute la reconnaissance de son cœur débordait.

— Comment te remercier, Jean ?...

— En ne me parlant pas de cette chose si naturelle. L'an prochain, j'étais toujours pris pour le service militaire, n'est-ce pas ? J'ai donc fait librement ce qui aurait été pour moi une obligation.

— Oui, mais tu me rends à la liberté, à mes travaux, à l'affection des miens, et je ne l'oublierai jamais, vois-tu, frère!

Trois mois auparavant Elisabeth était venue convier son amie à son mariage.

— Tu seras ma fille d'honneur, Anne, lui avait-elle dit comme pour la tenter. Paul est ravi de te faire escorte.

— Non, ma petite Beth. Je regrette ce refus qui te fera de la peine, mais je ne veux pas me récréer quand notre pauvre Yves est encore en proie aux ennuis de sa vie de soldat.

— Mais puisque tu es sûre de le revoir bientôt?

Anne secouait toujours la tête, et Elisabeth semblait attristée, même un peu froissée, de voir ses instances repoussées.

— Ne te désoles pas, tu trouveras une demoiselle d'honneur plus belle que moi, reprenait Anne. Quel aspect aurait ma simple coiffe au milieu de ces chapeaux à panaches, de toutes ces toilettes à la dernière mode!

— O Anne! tu me peines! Crois-tu que je ne serai pas heureuse et fière d'avoir grand'mère à mes côtés? et pourtant elle porte la même coiffure que toi.

— Je plaisantais, ma chérie!...

Et Anne embrassait affectueusement son amie.

— Je sais bien que tu as trop d'esprit, et surtout trop de cœur, pour t'inquiéter d'un costume plus ou moins riche. L'orgueil n'est pas notre apanage à nous!

Le jour du mariage, Anne s'était mêlée aux invités, non au cortège; elle avait prié de tout son cœur, demandant à Dieu le bonheur pour le jeune couple qui allait commencer ensemble le voyage de la vie, et elle était revenue à la ferme.

M. Kérel n'aurait pas voulu laisser son petit-fils rentrer au foyer sans être là pour lui souhaiter la bienvenue. Il arriva à

Rhuis quelques jours avant le gai retour. Il aida Anne à orner la demeure de fleurs et de verdure comme au temps déjà lointain de son enfance.

— C'est un véritable jardin que notre maison! disait le fermier, avec un bon rire, qui sonnait si franc, si joyeux, si communicatif, que tout le monde, pris de contagion, riait aussi.

— Yves ne se plaindra pas, hein, mes enfants! faisait le grand-père.

Et il regardait M. et madame Le Nollec avec des yeux où une lueur mystérieuse se montrait. Car lui aussi avait dit à sa fille, en arrivant :

— Nous les marierons, n'est-ce pas, Yvonne?

— C'est mon plus cher désir, père, c'est aussi celui de mon mari, et nous espérons bien que ces enfants n'y mettront pas obstacle.

— Ne doute pas de leur consentement, ma fille; ils n'ont qu'une pensée, tu le sais bien, c'est d'habiter toujours à vos côtés, sous le même toit.

En ce jour, heureux entre tous, les travaux au dehors avaient été délaissés. Dans la grande salle fleurie, madame Le Nollec et Anne travaillaient, tout en causant, pendant que le capitaine et le fermier inspectaient les écuries, la cour, le jardin, afin que rien ne vînt choquer les regards de l'arrivant.

Anne, avec une coquetterie bien permise à dix-huit ans, avait revêtu son fichu le plus frais, sa coiffe et sa guimpe les mieux brodées. Un bouquet d'œillets, sa fleur favorite, était fixé à la piécette de son élégant tablier de soie noire; elle rêvait plus qu'elle ne cousait, assise dans la large embrasure de la fenêtre, aux festons de vigne-vierge déjà empourprée par l'automne.

13

Mais lorsque Faraud qui sommeillait sur le vieux banc, après un aboiement sonore, s'élança comme un fou dans l'avenue, elle laissa-là rêves et broderie, et se leva.

— Ce sont eux, mère!...

Elle courut vers la porte, et ce fut elle qui reçut le premier baiser d'Yves.

— Que je suis heureux, petite sœur!... O mère! que je suis heureux!...

Et des bras de sa cousine, il passa dans ceux de sa mère.

— Mon grand fils!... murmurait-elle, attendrie.

Puis, l'éloignant :

— Que tu es devenu beau! fit-elle.

Je t'ai quitté presque enfant encore, je te retrouve un homme.

C'était vrai. Yves revenait transformé au physique et au moral. Il avait grandi, ses membres avaient acquis de la souplesse, sa voix de la sonorité, et dans ses yeux brillait une mâle assurance.

Mais ce qui n'avait pas changé, c'était son cœur, dont toute la tendresse débordait pour tous ceux qui l'entouraient.

Son grand-père et son père étaient accourus au cri de joie d'Anne, et la réunion était bien joyeuse et bien complète dans cette salle où s'étaient déroulées tant de scènes intimes.

Pendant le repas qui fut plein d'entrain, Yves raconta sa vie loin du pays, longs mois monotones pendant lesquels il eut besoin de toute sa force de caractère pour régir contre les tristesses qui l'assaillaient.

— Tu ne regrettes pas ce temps-là, n'est-ce pas, mon fils? demanda le grand-père en riant.

— Oh! non! Et pourtant, grâce à lui, je goûte mieux cette douceur présente.

Si vous saviez quelle a été ma joie en apercevant enfin le toit jauni de notre chère demeure, nos champs, nos animaux qui semblaient me reconnaître, en recevant les caresses folles de notre Faraud, en vous embrassant tous,... vous vous diriez que cette joie exquise n'a pas été trop chèrement payée.

La voix du jeune homme s'était adoucie, et ce fut avec les yeux humides qu'il regarda tous les siens autour de la table de fête, où chacun était si content de le voir reprendre place.

— Que tu as raison, Yves! dit Anne. Jamais non plus je n'ai senti combien la vie est bonne, et combien elle est la seule vraie, cette félicité familiale. Comme en racontant ses douleurs, on les soulage, en épanchant son allégresse dans des cœurs amis, on la rend plus grande encore. En quand je pense aussi que c'est à Jean que nous la devons, cette allégresse, je l'aime doublement.

Et Jean, le héros de la fête autant que son frère, pensait aussi, sans vouloir se l'avouer, même à lui, que sa cousine voyait juste en constatant que les meilleurs de nos bonheurs nous viennent de cette existence intime avec les nôtres.

Yves décrivit aussi la grande ville qu'il avait habitée pendant un an, cette Nantes la Grise, à la Loire capricieuse, toujours sillonnée de nombreux navires, avec ses quais encombrés de marchandises où retentissent les cris, les appels, les ordres des marins et des négociants.

Il avait parcouru son vieux château du xve siècle, cet ancien manoir des ducs de Bretagne, aux tours crénelées, aux fossés profonds. Cette résidence, qui de ducale devint royale, abrita tour à tour de célèbres personnages. Le cardinal de Retz y fut enfermé et s'en évada. Lorsque Fouquet, surintendant des finances, se vit arrêté à Nantes, il y fut interné quelque temps par ordre de Louis XIV. La spirituelle marquise de Sévigné, dont les lettres à sa fille, la comtesse de Grignan, feront toujours nos délices, l'habita en 1675. Enfin la duchesse de Berry y fut conduite en 1832.

· Souvent, pendant ses heures de loisir, Yves se plut à se promener dans ce splendide jardin des Plantes qui fait l'orgueil des Nantais. Elle est bien charmante cette promenade, avec ses méandres naturels, ses lacs, ses pelouses, ses rochers, ses cascades fraîches et chantantes. Les arbres de toutes essences qui y croissent admirablement, les parterres fleuris des plantes les plus belles, ravissaient le jeune homme, toujours avide de fleurs et de verdure.

Il visita également la cathédrale imposante, de style ogival, qui date du xve siècle, et les beaux musées, qu'il aimait à parcourir. Son existence en pleine nature lui avait donné le goût du beau, et c'était avec une joie toujours nouvelle qu'il s'extasiait devant les chefs-d'œuvre de la peinture et de la sculpture.

Le théâtre ne l'avait pas laissé indifférent; il y alla souvent entendre interpréter la grande musique des maîtres, et il n'eut pas de distraction plus chère pendant son temps d'exil.

Toutes ces choses avaient contribué à orner son esprit et à élever son âme.

Anne écoutait avec intérêt, et elle s'écria :

— Je voudrais bien visiter Nantes!

— Yves t'y conduira, ma petite, lui répondit sa tante. Je pensais l'y aller surprendre avec toi, si son séjour s'était prolongé dans cette ville; mais je préfère qu'il soit venu à nous le premier.

— Et moi aussi! reprit Anne, avec un bon sourire à l'adresse de son cousin.

— Je vous ai réservé une surprise pour le dessert, fit soudain
Yves.

Et se levant, suivi par les regards interrogateurs des assistants,
et principalement de Claudine, toujours curieuse, le jeune
homme se dirigea vers sa chambre, où Jean avait déposé sa
valise. Il en revint avec une belle flûte remplaçant avantageu-
sement la vieille de jadis.

— Je crois comprendre, dit Anne.

— Oui, répondit Yves, j'ai pris des leçons de flûte au régiment,
et je vous reviens un peu plus habile. Puisque vous aimiez les
airs champêtres que je vous jouais, que diriez-vous de ceux-ci?

Et, préludant, il joua la romance de la Rose de Martha avec
le talent d'un vrai musicien.

Les bravos ne lui furent pas ménagés; aussi continua-t-il par
d'autres morceaux, à la joie de tous.

— Tu ne pouvais nous donner une surprise plus conforme à
nos goûts, mon fils, dit madame Le Nollec. Nos soirées d'hiver
seront très agréables avec cet instrument dont tu tires des sons
si doux !

— Chante, Anne, dit Yves, enchanté des compliments de sa
mère, je vais t'accompagner.

La jeune fille commença une jolie berceuse sur un air breton,
plein d'une grâce mélancolique. Le jeune homme, avec des
variations entre chaque strophe, mêla le gazouillis de sa flûte
aux notes perlées de la voix pure qui s'élevait sans efforts, et
chacun fut tellement électrisé par ce duo qu'ils durent le recommencer.

— La chanteuse doit être récompensée par le musicien, fit
Yves gaiement.

Il tira d'une petite boîte un joli bracelet aux mailles d'argent, et l'enroula au bras de la jeune fille.

— C'est trop beau pour moi! faisait-elle toute rose de plaisir.

— Il te portera bonheur, cousinette, c'est du reste son nom.

Les parents souriaient de ce gai badinage qui secondait si bien leurs projets.

Jean chanta à son tour, accompagné par le flûtiste, les mélodies nouvelles apprises chez Elisabeth. Sa belle voix de baryton, sonore et tendre à la fois, et qu'il conduisait avec goût, conquit tout l'auditoire.

La soirée se prolongea gaie et charmante, jusqu'au signal de la retraite donné par madame Le Nollec.

— Yves doit être fatigué, après ce voyage assez long, dit-elle; il serait temps de regagner nos chambres.

— Fatigué! protesta le jeune homme. Jamais je n'ai eu le corps plus dispos et l'esprit plus libre. Le bon air natal m'a complètement enlevé toute lassitude, et je veillerais ainsi toute la nuit : on est si bien avec ses aimés?

Et câlin, comme s'il eût été encore le petit gars d'autrefois, il pencha la tête sur l'épaule de sa mère, qui effleura ses cheveux de ses lèvres en le regardant avec tendresse.

Jean restait à la ferme pendant deux jours, ayant obtenu une permission de son capitaine pour l'arrivée de son frère.

Ils regagnèrent donc la chambre commune, et ce soir-là, pas le plus léger dissentiment ne se glissa entre eux. Ils causèrent comme de bons amis, de faits intéressant leurs régiments respectifs, mais ils n'essayèrent pas de soulever le voile qui leur cachait l'avenir.

Prenant la main de son petit–fils... (page 208)

IV — Les accordailles

Dès le lendemain, Yves reprit ses habits de travail, et son père le trouva prêt à l'accompagner aux vignes.

— Tu ne prends pas un seul jour pour te remettre en train, mon fils? lui dit-il gaiement.

— Non, père. Après un an passé loin de nos champs, j'ai la plus grande hâte d'y retourner, et je ne me croirai complètement revenu, qu'au retour du labeur habituel.

— Je te comprends, enfant, dit madame Le Nollec en regardant son mari, dont l'air épanoui faisait plaisir à voir.

Anne, qui s'était aussi levée dès l'aurore, afin d'aider à la vendange, entra dans la salle où le premier déjeuner était servi.

— Je savais bien te trouver prêt à nous accompagner, dit–elle à son cousin, après avoir souhaité un affectueux bonjour à tous.

— Tant de fois j'ai songé à ce jour dans ma caserne lointaine, vois-tu, Anne! Il est enfin venu, et je n'en veux pas perdre une heure.

Et les yeux du jeune homme brillaient d'ardeur.

Le capitaine et Jean firent enfin leur apparition. Tous deux étaient aussi vêtus en travailleurs.

— Alors tout le monde veut vendanger aujourd'hui? s'écria joyeusement le fermier.

— Tout le monde! fit le grand-père. Il faut bien faire honneur au beau vendangeur enfin revenu

Yves regardait de tous ses yeux, toujours émerveillés par cette nature aimée, ces endroits où il avait joué tout enfant : le val, entre les deux coteaux diaprés de bruyères et d'ajoncs, où la source bien connue, aux bords constellés de fleurettes, jasait avec les merles, sous l'ombre des épines blanches; les prairies reverdies où paissaient les vaches et les moutons; les champs dénudés, dont on avait coupé les blés d'or, et enfin les vignes aux parfums pénétrants, où murmuraient les abeilles, où chantaient les oiseaux sous un ciel d'azur.

Anne marchait à ses côtés, et partageait toutes ses émotions silencieuses; elle ne voulait pas troubler par un seul mot cette reprise de possession de la terre. Mais lorsque, après avoir joui en silence de toutes ces merveilles, son cousin la regarda, elle eut ce cri de l'âme :

— Que Dieu est bon!

Ils marchaient en tête, et arrivèrent aux treilles avant tous.

— Je veux te cueillir la première grappe, Annette.

Il choisit la plus dorée, celle dont les grains avaient la transparence et la couleur de l'ambre.

— Je l'accepte, fit Anne, mais je la partagerai avec toi.

Et ses doigts fins coupèrent la grappe.

— Puissions-nous toujours nous partager tout, les joies comme les peines, et ne nous séparer jamais! dit Yves, en acceptant cette part.

Sa voix était tremblante, en parlant ainsi, et Anne vit bien en ce moment qu'elle n'avait pas à craindre de rivalité dans ce cœur où elle régnait à côté de ses parents.

Leur famille et les domestiques les rejoignirent, et tous se mirent à la tâche.

Pendant l'après-midi, le travail se fit plus joyeusement encore, car les amis Lotudy étaient venus apporter leur aide obligeante, et cette fois les jumeaux firent de bonne besogne.

Ils n'avaient plus au dos un panier minuscule et ne s'endormaient plus sous les branches; leurs quatorze ans les faisaient forts et adroits, et le soir ils furent complimentés par le maître qui les reconnut les meilleurs travailleurs de toute la bande. C'est qu'ils étaient tout à leur ouvrage, tandis que les jeunes gens causaient souvent entre eux: ils avaient tant de choses à se dire après ces séparations!

Le lendemain, lorsque Jean regagna sa caserne, il emportait un souvenir si charmant de ces heures de belles vendanges, qu'il lui revint souvent pendant ses occupations journalières. Il attendit le dimanche avec une impatience qu'il ne voulait pas s'avouer, mais qui était bien réelle, puisque les exercices militaires lui semblèrent pour la première fois longs et fastidieux.

Cette poésie des champs avait enfin pénétré jusqu'à son cœur. Le ferait-elle s'ouvrir tout à fait, et l'engagerait-elle à suivre la voie que tous désiraient lui voir prendre? Nul n'aurait pu le dire, pas même lui, car c'est à son insu qu'il subissait cette impression favorable aux projets de son père.

Un après-midi que M. Le Nollec et Yves s'attardaient dans la salle, après le repas, M. Kérel dit soudain :

— Il faudra que je songe à regagner mes pénates, les enfants!

— Déjà, grand-père!...

Tel fut le cri attristé qui s'échappa de toutes les lèvres.

— La cousine Marie doit s'ennuyer toute seule, reprit le vieillard; puis j'ai mes filets à réparer pour le printemps prochain, et vous savez que je ne veux laisser ce soin à nul autre.

— Je pensais bien vous voir rester tout l'hiver à la ferme! fit Anne d'un accent plaintif.

— Cela prouve ton attachement à ton vieux grand-père, chérie, et j'en suis bien touché! mais je ne puis satisfaire ce désir. Seulement, avant de m'en retourner à l'île aux Moines, je voudrait voir se réaliser mon plus doux rêve.

Et comme les parents souriaient, comprenant de quel rêve il s'agissait, et que les enfants attendaient, curieux, l'aïeul prit Anne par la main, et s'adressant à Yves.

— Que dirais-tu, mon grand gars, si nous te donnions cette mignonne pour femme?

Le jeune homme eut un cri de bonheur...

— O grand-père, cela est possible?... Tu voudrais bien Anne?...

— Oui, fit-elle, avec un sourire illuminant son doux visage. Mon rêve aussi, mon plus beau rêve, n'a jamais dépassé le seuil de cette porte.

— Je le savais, mon enfant aimée! s'écria madame Le Nollec

en ouvrant ses bras. Viens embrasser celle qui sera maintenant doublement ta mère.

Et la jeune fille se précipita sur le cœur dévoué qui, dès le berceau, avait veillé sur elle avec une tendresse sans égale.

— A mon tour maintenant, dit M. Le Nollec. Tu me donnes aujourd'hui une de mes plus grandes joies.

Et comme Anne s'avançait ensuite vers son grand-père pour le remercier d'avoir aidé à combler tous ses vœux :

— Attends, ma mie, fit-il, la cérémonie des accordailles n'est pas encore achevée.

Prenant la main de son petit-fils, il y plaça celle de sa petite-fille :

— Je te la confie, mon enfant, sûr de ton cœur qui n'aura jamais d'autre but que sa félicité. En elle, tu trouveras la compagne aimante et fidèle avec qui l'on est heureux de faire le voyage de la vie.

Maintenant embrassez-vous, et à bientôt les noces.

— Si Marie-Anne était là !... dit tout bas M. Kérel à sa fille.

Celle-ci leva vers le ciel ses yeux où perlaient des larmes.

Le vieillard reprit sa place dans le fauteuil de l'âtre, et, chacun l'entourant, on termina la journée en parlant du mariage que tous désiraient prochain.

— Je ne voudrais pas me marier dans la saison mauvaise, dit Anne; il est trop triste de voir un ciel morose sur des champs dépouillés.

— Eh bien! fixe le mois que tu aimes, répondit Yves; il sera le nôtre.

— Voulez-vous attendre mai, le plus charmant des mois printaniers?

— Tu as raison, ma petite, dit M. Kérel ; à cette époque je ferai plus volontiers le voyage.

— En mai alors, mes enfants; votre mère et moi nous vous laisserons les rênes du gouvernement, prononça gravement M. Le Nollec.

Et comme Anne et Yves le regardaient, l'air interdit :

— Il n'est pas bon d'avoir deux maîtres dans une maison, ajouta-t-il.

— Mais tu seras toujours le maître aimé et respecté ! interrompit Yves.

— O père ! en as-tu douté ! fit Anne à son tour.

— Non, mes petits ; mais à notre âge, on a besoin d'un peu de tranquillité, et, tout en vous secondant, tout en vivant avec vous, nous vous laisserons le commandement de l'exploitation : le refuserez-vous ?

— Non, père ! firent-ils vivement.

— C'est bien ainsi.

Vous êtes jeunes, puisque vous avez à peine quarante-deux ans à vous deux, reprit-il en riant, et cependant je ne crains rien, car vous avez l'entente, vous avez l'ordre et l'amour du travail, et avec ces qualités, vous arriverez.

— Puis nous serons là toujours, fit madame Le Nollec, et notre expérience est à votre service, mes chers enfants.

— Nous y comptons bien ! s'écria Yves. Sans vous, la tâche serait bien lourde, n'est-ce pas, Anne ?

— Oui, fit-elle, mais avec des conseillers aussi sages, nous ne craindrons rien.

— Vous pouvez vous flatter d'entrer en ménage dans de bonnes conditions, mes amis ! dit le grand-père gaiement.

— Il faudra écrire la grande nouvelle à ton frère ce soir même, mon fils, dit le fermier; il ne faut pas attendre son retour; quatre jours nous séparent encore du dimanche, et s'il l'apprenait par d'autres, il aurait le droit de s'en plaindre.

Le jeune homme le promit. Anne, se souvenant de l'espoir exprimé quelques mois auparavant par Jean, se dit qu'elle ajouterait quelques mots à la missive de son fiancé.

Les trois serviteurs rentrèrent pour le souper, et M. Le Nollec leur annonça les fiançailles en leur présentant ceux qui seraient bientôt leurs jeunes maîtres.

Le valet entré au service de la ferme pendant l'absence d'Yves, n'en était pas parti; le fermier ayant acheté des terres avoisinant les siennes, il lui fallait plus de bras pour les travailler.

Claudine jeta un cri de joie, heureuse du bonheur des jeunes gens qu'elle avait vus tout enfants, et aussi de la perspective de ne rien changer à sa position personnelle.

— Quel agrément d'obéir toujours aux mêmes maîtres lors-qu'ils sont justes et bons! dit-elle.

Lorsque Jean reçut la lettre de son frère et de sa cousine, il n'en fut ni étonné, ni attristé. La joie réciproque d'Anne et d'Yves au retour lui avait appris quelle affection profonde les unissait.

S'il avait désiré un moment faire sa compagne de la jeune fille, c'était un peu par imitation d'Elisabeth et de Robert; ayant été témoin de leurs fiançailles, il aurait voulu aussi se poser en homme.

Et puis, qu'aurait-il à offrir à sa cousine? Il n'était pas encore sûr de sa situation; resterait-il soldat, retournerait-il à l'étude de maître Lamy à sa libération? Il n'en savait rien.

Tandis que son frère, malgré son jeune âge, était en mesure de se marier, grâce à son esprit droit et constant qui l'avait fait choisir une carrière et la poursuivre sans dévier.

Aussi lorsque le dimanche le ramena à la ferme, ce fut de tout cœur qu'il complimenta les nouveaux fiancés.

L'âme aimante d'Anne en fut réjouie. Il lui aurait été pénible de lire le moindre regret dans les yeux de ce Jeannot qu'elle aimait malgré tout.

M. Le Nollec, pour bien prouver à son fils cadet qu'il n'était pas oublié dans ces projets d'avenir, lui dit devant tous :

—Tu sais que j'ai acheté le bien du père Guillaume, que sa veuve a vendu, afin d'aller habiter chez sa fille, à Sarzeau. La maison peut être réparée, et ce domaine, dont les terres sont fertiles, deviendra aussi important que le nôtre, s'il est convenablement cultivé. Je le garderai jusqu'à ta sortie du régiment.

Si à cette époque tu veux reprendre les outils du laboureur, je te le donnerai, et tu t'y installeras avec la femme de ton choix. Je t'aiderai, ainsi que ta mère, des conseils de notre expérience. Si tu préfères poursuivre un autre but, je conserverai de ce bien les terres voisines des nôtres et je revendrai les autres avec la maison et ses dépendances.

Jean fut très sensible à cette bonté prévoyante de son père, qui, oubliant ses griefs, tendait encore la main à celui qui les avait fait naître.

— Merci, père ! dit-il avec feu. Je te jure de vous revenir, si un attrait plus fort que ma volonté, ne me pousse pas vers une autre position.

— Bien, mon enfant, fit simplement le fermier.

Il augurait bien pour Jean du mariage d'Yves, qui lui montrerait peut-être où se trouvait le vrai bonheur.

Que dire de la joie de la famille Latudy? Elle éclata aussi vive, aussi franche à la grande nouvelle que si elle eût concerné l'un de ses membres.

C'est que les jeunes gens avaient entre eux cette amitié d'enfance qui ne s'efface jamais de la mémoire, quand la nature est élevée. Toujours on se souvient des plaisirs et des joies partagées, et l'esprit aime à se reporter aux moindres incidents de ce temps dénué de peines, où l'espoir éclaire tout de sa lueur brillante, où nulle pensée égoïste ne se mêle à ces expansions de toutes les heures.

— Bientôt tu viendras aussi m'annoncer tes fiançailles, ma Louisette! disait Anne à son amie en la regardant joyeusement.

Louise ne répondit que par un sourire; ses grands yeux mordorés erraient, rêveurs, sur le jardin que le vent déjà frais d'octobre dépouillait de ses feuilles, jaunies par l'ardent soleil d'août. Les deux jeunes filles se trouvaient dans leur coin préféré du jardin de M. Lotudy, où s'ouvraient de pâles violettes d'automne, au suave parfum.

— Je suis d'autant plus satisfaite de ton bonheur, Anne, reprit enfin Louise, que je te garde, sans craindre de te perdre jamais. C'était là ma tristesse en songeant à l'avenir, j'avais toujours peur de te voir quitter Rhuis.

— Pourquoi aurais-je abandonné ce coin de terre où se trouvent tous ceux que j'aime? demanda Anne, étonnée par cette idée.

— Ton grand-père pouvait te marier au fils de l'un de ses

amis, du capitaine Kelval, par exemple : son dernier fils a à peine trente ans.

— Moi, épouser un marin, et passer ma vie en inquiétudes sans nom! Jamais une pareille pensée ne me serait venue.

— Tant mieux, chérie, je préfère bien te voir devenir la compagne d'Yves qui te laisse près de nous.

Un silence s'établit entre les deux amies. Ce fut Anne qui le rompit.

— Tu ne sais pas à quoi je songe? dit-elle.

Et comme Louise la regardait d'un air interrogateur :

— Je voudrais resserrer notre affection plus complètement encore en te nommant ma sœur. Dis, Jean ne te plairait-il pas?

Louisette rougit et ses yeux brillèrent, mais ses lèvres restèrent muettes.

— Quelle douce existence nous mènerions à quelques pas l'une de l'autre! s'exclama Anne, poursuivant son rêve. Toi, dans la ferme nouvelle, restaurée et embellie, moi dans celle des Chênes!

— Oui, dit enfin Louise, mais il faudrait que Jean se décidât à revenir à la vie champêtre, et le voudra-t-il?...

— Peut-être! Dimanche, quand père lui a parlé de cette acquisition des terres de la famille Guillaume qu'il lui destinait, il a juré qu'il accepterait avec reconnaissance, s'il n'était pas poussé trop violemment à embrasser une autre carrière. Souhaitons-le, chère, nous serions tous si heureux ainsi!

— Oui, souhaitons-le! répondit franchement la jeune fille.

Et les amies, assises sur le vieux banc moussu, à l'ombre des cerisiers aux feuilles diaprées, continuèrent à tisser des rêves d'or.

On refit le même trajet. (page 212)

V — Union

Le doux printemps est revenu, tout est fleurs, parfums, ciel d'azur, rayons d'or. Mai, le beau mois, vient d'éclore.

Les préparatifs sont terminés, la blanche toilette de la fiancée est faite, et bientôt, entouré de ses parents et de ses amis, le beau couple prendra la route de Sarzeau où se feront les deux cérémonies.

L'aïeul, rajeuni par cette joie radieuse, aura l'honneur de conduire sa petite-fille, et sa robuste vieillesse en est fière.

Jean est arrivé avec Elisabeth et son mari, et aussi maître Lamy et sa famille.

L'avoué a voulu marquer l'estime et l'amitié qu'il ressent pour le fermier et les siens en acceptant leur cordiale invitation, et madame Lamy, avec ses deux fillettes, a tenu à l'accompa-

14

gner, charmée de ces noces à la campagne, en cette printanière saison.

Dans l'avenue de chênes s'avancent des invités en toilettes de fête : c'est Louise, ravissante sous sa coiffe transparente; elle, porte le bouquet des demoiselles d'honneur, et sa main, gantée de blanc, est posée sur le bras de Jean ; c'est Jacques qui accompagne une mignonne brunette de Sarzeau, cousine des mariés; ce sont les jumeaux qui doivent être les cavaliers de Berthe et de Jeanne Lamy.

Mademoiselle Marthe, la directrice de l'école les suit, au bras de M. Le Nollec, et leur conversation enjouée montre combien ce jour leur est cher.

La grande salle, tant de fois décrite pendant le cours de cette histoire vraie, est splendidement décorée. L'amie des fleurs a voulu qu'elle en fût jonchée, à cette heure qui voit luire l'accomplissement de tous ses vœux.

Sur les murs, de verts festons de lierre alternent avec des lianes fleuries de glycine et de chèvrefeuille ; sur la longue table parée des clairs cristaux et de l'argenterie étincelante, des fleurs encore se groupent en bouquets, courent en rivières sur la nappe damassée. C'est un ensemble de couleurs et de parfums à satisfaire le plus difficile.

Mais la plus belle de ces fleurs, le lys le plus pur, c'est la fiancée.

Anne est toute vêtue de blanc, depuis sa coiffe de fine mousseline, à la symbolique couronne d'oranger, jusqu'à sa fine chaussure, qu'atteint la moire de son tablier aux longs rubans soyeux. Le mouchoir de vaporeuse dentelle, où festonne aussi l'oranger, se croise sur une guimpe brodée, et la robe de drap simple, sans avoir une traîne qui embarrasserait la marche, tombe avec grâce jusqu'à terre.

On ne peut rêver une plus gracieuse, une plus chaste apparition. Et les grands yeux illuminés, la bouche fraîche qui s'ouvre sous un clair sourire, le front blanc que nul sentiment mauvais n'a jamais effleuré, et qu'encadrent des cheveux d'or, dans cette toilette exquise, au milieu de ce décor fleuri, font de la jolie Anne une délicieuse enfant, que chacun admire.

Elle souhaite la bienvenue à tous ceux qui ont voulu lui prouver leur amitié par leur présence.

Et Yves? Bien pris dans son habit de cérémonie, sa belle tête brune rayonnante, il est bien l'homme qui devait être le compagnon de cette blonde fiancée.

Enfin la famille Lamy sort à son tour de la chambre d'honneur. Les réjouissances devant durer deux jours, on avait dû loger les invités à la ferme, par suite du long parcours de Vannes à Rhuis. M. Kérel avait donné sa chambre à M. et madame Dormille, et partageait celle de ses petits-fils.

Le cortège se forme, et s'en va par les sentiers parfumés, où toutes les fleurs ont l'air de causer entre elles du grand bonheur qui passe.

Anne, marche, comme en un rêve, au bras de son grand-père, et derrière, Yves conduit sa mère, qui semble si jeune encore qu'on la prendrait plutôt pour sa sœur ainée. Puis les amis, Jean et Jacques, avec leurs demoiselles d'honneur; les jumeaux, fiers des mignonnes fillettes en robes roses qu'ils guident; madame Lamy, au bras de Robert, Elisabeth à celui de M. Lamy; enfin, M. Martial, le directeur de l'école, et mademoiselle Marthe, sa femme et M. Le Nollec terminent le défilé.

Paul Spernel n'a pu assister au mariage; il est en mer, et vogue vers l'Angleterre sur son navire.

Le trajet de la ferme au bourg fut bientôt franchi, et la noce entra à la mairie. Ce fut le maire qui unit les deux fiancés. En quelques mots, il retraça la vie d'honneur et de travail du père et de la mère, et les proposa en exemple au jeune couple ému.

Puis la cérémonie civile achevée, le cortège se reforma pour se rendre à la vieille église que les compagnes d'Anne s'étaient plu à parer de fleurs et de verdure.

La bénédiction nuptiale fut donnée aux jeunes gens par le curé, un bon vieillard aux cheveux blancs, qui, dans un discours improvisé, leur montra leurs nouveaux devoirs.

Il parla aussi de la jeune mère, morte trop tôt, mais que la tante dévouée avait remplacée.

Des larmes coulèrent des yeux de la mariée; ces larmes n'avaient rien d'amer, car le dévouement, la tendresse de sa seconde mère ne lui avaient pas permis de s'apercevoir de la perte douloureuse; mais elles montraient la bonté de son cœur qui aurait voulu voir autour d'elle ces parents dont elle n'avait même pas le souvenir.

L'on refit le même trajet, et cette fois la jeune femme était au bras d'Yves.

Elle l'avait parcouru bien des fois, ce chemin de Sarzeau, depuis le moment, où, enfant timide, elle suivait ses cousins à l'école, et c'était toujours à Yves qu'elle s'adressait si la fatigue ralentissait son pas, ou si un incident quelconque, un chien errant, une chèvre capricieuse, l'épouvantait. Et aujourd'hui, c'était encore lui qui était son compagnon de route et qui le demeurerait toujours.

Quand ils atteignirent l'avenue bordée de chênes, ils se regardèrent, émus et charmés. Un tapis, formé de fleurs et de feuillages des landes et du val, cachait le sable fin du sentier, et des parfums agrestes se répandaient sous la puissante ramure des grands arbres.

— C'est un hommage de notre Claudine, dit Anne; je reconnais bien là son brave cœur!

Soudain des coups de fusils retentirent; c'étaient les valets qui les tiraient en l'air en l'honneur des mariés. Et Claudine, ouvrant toute grande la porte de la ferme, que deux beaux rosiers fleuris encadraient, s'écria dans un bon rire montrant toutes ses dents blanches : « Vivent les mariés!... »

Ce cri fut répété par tous les domestiques, venus pour aider ceux de la maison, et de nouvelles salves les ponctuèrent.

Yves, tout ému, détachant de son bras la main de sa femme, et s'effaçant devant elle, voulut la faire pénétrer la première dans la vieille demeure dont elle allait être la douce souveraine, mais Anne l'entraîna, en lui disant :

— C'est à ton bras que je veux y entrer!

Et tous deux, souriants, précédèrent leurs parents et leurs invités.

Pendant les félicitations sans nombre qu'on distribuait aux jeunes époux, l'avoué s'approcha du fermier :

— Vous pouvez vous dire heureux à cette heure, maître Le Nollec : vit-on jamais plus beau couple?

— Et aussi bons que beaux, M. Lamy!... Oui, ma félicité serait bien complète si un jour Jean imitait son frère.

— Je crois que, nouvel enfant prodigue, il reviendra vers son père, reprit en riant maître Lamy. Le métier de clerc a cessé de lui plaire; celui de soldat, bien rude, bien dur pour son caractère un peu entier, le rebutera aussi, et il sera très aise de reprendre la libre vie des champs.

Voyez comme il semble se plaire aux côtés de cette gentille jeune fille : mademoiselle Lotudy, n'est-ce pas?

— Oui; une mignonne créature que je voudrais bien nommer ma fille!

— Pourquoi pas! Espérez, mon cher Le Nollec; les bonheurs volent par troupes, vous le savez, et vous en avez assez autour de vous pour vous en attirer d'autres.

Le festin, sans être aussi plantureux que celui des noces de Gamache, si bien décrit par Cervantes dans son immortel Don Quichotte, fut des plus délicats et des mieux servis.

Au dessert, les chansons joyeuses retentirent, et ce fut le grand-père Kérel qui se chargea de celle de la mariée.

Sur un air breton, d'un charme pénétrant, il chanta les naïves paroles qui sont adressées à toutes les mariées, en cette belle Bretagne fidèle aux vieilles coutumes.

Anne les écoutait, sérieuse et rieuse à la fois.

> Nous venons tous vous voir
> De notre beau village,
> Pour souhaiter ce soir
> Un heureux mariage
> A monsieur votre époux
> Aussi bien comme à vous.
>
> Vous n'irez plus au bal
> Madame la mariée,
> Danser sous le fanal
> En nos jeux d'assemblée,
> Restez à la maison
> Tandis que nous irons.

Si vous avez, Bretons
Des bœufs dans vos herbages,
Des brebis, des moutons,
Des oisillons sauvages,
Songez soir et matin
Qu'à leur tour ils ont faim.

Recevez ce bouquet
Que nous venons vous tendre ;
Il est fait de genêt
Pour vous faire comprendre
Que tous les vains honneurs
Passent comme des fleurs.

Des applaudissements chaleureux accueillirent la dernière strophe de la mélodie traditionnelle.

— Regretterez-vous *ces danses sous le fanal*, ma petite Anne? demanda en riant madame Lamy.

— Je ne puis regretter ce que je n'ai pas connu, Madame ; nos plaisirs ne consistaient qu'en réunions intimes, et en courses à travers champs et grèves. Comme l'auteur de la chanson ne me les défend pas, j'espère que je pourrai en jouir encore : qu'en dis-tu, Yves?

— Il dit que tu as raison, comme toujours, répondit pour lui le grand-père. Ah! ces plaisirs dont tu parles sont bien les meilleurs, ma fille! On ne se lasse jamais d'être au milieu des siens et d'admirer les œuvres merveilleuses de Dieu!

Et maintenant, prends ta flûte, Yves, et joue nous cette romance de Martha que tous nous aimons. Ensuite Robert nous charmera par son talent de violoniste.

Les chants et les danses se prolongèrent entre ces heureux, chacun dans sa sphère, et que la plus grande sympathie unissait, et longtemps, les échos de la chère demeure les répétèrent, joyeux.

Assis près des deux femmes... (page 220)

VI — Enfin!

Depuis le mariage de son frère, Jean n'était plus le même. Ses jours se traînaient, monotones, en cette caserne où il était entré avec enthousiasme.

Il était pourtant caporal et proposé pour le grade de sergent; il pouvait dès maintenant regarder du côté de Saint-Maixent et se préparer aux examens qui y conduisent. Mais si son titre lui conférait le droit de commander son escouade, il était forcé d'obéir à de plus gradés que lui, et sa nature indépendante ne s'en accommodait pas trop !

Le plus souvent, ces ordres des supérieurs lui étaient donnés justement et d'une manière affable, et il les exécutait sans murmurer; parfois aussi on s'en prenait au caporal de telle ou telle manœuvre mal faite, et lorsqu'il voulait protester, on lui imposait silence d'une voix rude.

C'est alors que l'orgueil du jeune soldat lui montait à la tête, et lui faisait envisager sa situation sous un tout autre jour.

Où étaient les tendres gronderies de son père, les remarques, polies toujours, de maître Lamy?

Pour ne pas en arriver à des choses regrettables, Jean se contenait, il s'efforçait d'être calme et s'enfuyait dans sa chambre dès qu'il le pouvait. Là, au souvenir des vexations reçues, il voyait bien qu'il ne pourrait continuer à les subir.

« C'est trop dur, murmurait-il, et je ne me sens pas le courage de rien tenter pour demeurer au régiment dans de pareilles conditions. En admettant que je sois reçu aux examens de Saint-Maixent, après mes trois années de service, il me faudra encore passer deux ans sous la tutelle de sévères instructeurs. Et si je ne suis pas admis la première année, je devrai me rengager pour avoir le droit de me présenter encore!

Ah! la force me manquera avant la fin. Oui, Jacques et Yves avaient raison en me disant que, pour nous, habitués à la liberté des campagnes, la servitude paraît plus dure encore. »

Et sa pensée se reportait à ces jours de noce où tous étaient si joyeux. Il entendait encore les paroles amies de ceux qui s'étaient pressés autour d'eux; il se souvenait de l'estime de tous pour ses parents, dont l'existence se déroulait pourtant dans une simple ferme, et qui avaient su se conquérir dans la vie une place honorable entre toutes.

Et il se voyait libre laboureur dans ce domaine que la grande bonté de son père lui avait proposé comme sien, et cette perspective ne lui faisait plus détourner la tête avec ennui et dédain. Il lui semblait respirer avec délice, comme autrefois, cette brise

qui, passant sur les foins et les landes en fleurs, s'était imprégnée
de leurs parfums.

C'est qu'il ne se voyait pas seul dans cette ferme désirée : un
doux visage l'y attendait derrière la vitre étincelante encadrée
par la glycine aux longues grappes lilas, une voix harmonieuse
lui souhaitait la bienvenue au retour des champs.

Et cette gracieuse apparition se précisait; c'était la petite
demoiselle d'honneur, la sœur d'élection d'Anne, la gracieuse
et douce Louisette.

Oui, c'était l'amie des jeunes années que Jean plaçait à la
ferme pour y être sa compagne, son guide, son appui.

Il savait aujourd'hui quelle énergie, quelle fermeté cachait
cette âme de jeune fille, et sa nature un peu incertaine sentait
qu'elle devait s'appuyer sur elle.

Et chaque jour ces rêveries devenaient plus tangibles; Jean
ne se disait plus : « Cela aurait pu être!... » Mais : « Cela sera! »
Car les jours de permission qui le ramenaient à la maison paternelle lui montraient le bonheur calme d'Anne et d'Yves, et il
n'avait plus maintenant d'autre ambition que d'imiter ces
sages, qui avaient choisi la meilleure part.

Aussi un dimanche matin, après une semaine où son caractère
entier avait été mis à une rude épreuve, sauta-t-il sur sa bicyclette, et s'engagea-t-il directement dans le chemin de Sarzeau,
bien décidé à s'ouvrir à Louise de ses projets. Si elle les approu-
vait, il lui demanderait de devenir sa fiancée, et si elle y consen-
tait, le mariage aurait lieu à l'expiration de son congé.

Le soleil de juillet avait doré les blés frémissants; dans
quelques jours, ils tomberaient sous la faucille du moissonneur.
Ils ondulaient sous la brise de la mer et leurs petits amis

les grillons y chantaient éperdûment leur monotone mélopée.

Jean ne passait plus indifférent à travers cette nature en fête; il s'intéressait à cette moisson qu'il couperait bientôt, et son regard extasié allait des blés d'or aux treilles, où déjà le raisin devenait transparent sous l'action vivifiante de l'astre chaud et lumineux.

En passant dans un sentier qui raccourcissait sa route et traversait deux champs de blé, il y vit tant de fleurs qu'il descendit de sa machine, voulant composer une gerbe pour Louise. Et il se mit à cueillir coquelicots, marguerites, nielles, bluets et ces avoines folles qui tremblent à la moindre brise.

Il était enfin conquis à cette terre, puisqu'il en subissait le charme, et qu'il en comprenait la poésie.

Il lia la gerbe et l'attacha à l'avant de sa bicyclette, puis, y remontant d'un seul élan, il poursuivit sa course.

Louise était à la fenêtre, dans ce cadre de glycine où la rêverie de Jean aimait à la placer.

— Le beau bouquet! fit-elle.

— Il est pour toi, Louisette.

Et levant son képi, Jean la salua, joyeux.

Elle s'empressa de faire entrer le jeune homme, et prit les fleurs qu'elle admira encore.

— Ta gerbe est si bien composée, dit-elle, que je n'ai qu'à la poser ainsi dans un vase.

Et lorsque la table en fut ornée :

— Viens au jardin; ma mère y est; tu te reposeras mieux sous la tonnelle. Mon père et mes frères sont allés faire une promenade matinale.

Madame Lotudy, qui profitait du repos dominical pour soi-

gner ses fleurs, sourit au jeune homme, et le laissa aller avec
Louise sous les vertes frondaisons de la charmille, où elle les
rejoignit bientôt.

Elle les trouva se partageant les délicieuses prunes de l'espa-
lier, dont la jeune fille avait cueilli une pleine corbeille pour
désaltérer leur ami.

Assis près des deux femmes, sous l'ombre douce et remuante
des feuilles, Jean jugea le moment bien choisi pour leur faire
part de ses intentions, et plaider sa cause.

— J'ai une grande nouvelle à vous annoncer, dit-il, un peu
ému ; elle vous étonnera, je crois, mais elle rendra tous les miens
heureux, et aussi tous ceux qui s'intéressent à moi.

— Tu leur reviens !... s'écria Louisse toute frémissante.

— Oui, mon temps achevé, je prierai mon père de m'admettre
à la ferme.

— Quelle joie pour tous, en effet, mon cher enfant ! dit madame
Lotudy. C'était le seul point noir dans la vie de ton père, que ton
absence !

— Eh bien ! tout maintenant sera lumineux pour lui.

Et les yeux du jeune homme devinrent rayonnants.

— Mais je ne puis vivre en solitaire dans cette ferme nouvelle
que l'on me destine, reprit-il.

— Tu te marieras, Jean, répondit la mère de Louise.

— Me donneriez-vous Louisette ?... implora-t-il.

— Oui, si elle y consent. Je te connais depuis ta naissance,
Jean, et je ne pouvais te reprocher qu'un caractère un peu changeant ; mais maintenant je placerai, en toute confiance, la main
de ma fille dans la tienne : qu'en dis-tu, fillette ?

Louise qui s'était adossée au vieux banc de la tonnelle, très émue, tourna son fin visage vers sa mère et le jeune soldat, en disant :

— C'est avec bonheur que je deviendrai la sœur d'Anne et la compagne de Jean.

— Merci, Louisette ! s'écria Jean. Je jure de la rendre heureuse, madame Lotudy !

Et il pressa les mains unies de la mère et de la fille.

— Lorsque le père rentrera, mes enfants, nous lui annonce-rons ces promptes fiançailles, et je ne doute pas de son appro-bation.

En effet, M. Lotudy, mis au courant, ne rejeta pas le projet encore lointain d'accorder Louise à Jean, devenu fermier.

— Cette fois, c'est bien ta vocation qui se dessine, Jean? lui dit-il. Tu ne changeras plus d'idées?

— Ayez confiance, M. Lotudy, l'affection que je ressens pour Louise m'a métamorphosé ; cette vie en dehors de tous les miens m'a mûri, et c'est avec impatience que j'attendrai ma libération pour devenir enfin ce fermier que j'aurais dû toujours être.

— Alors, si tes parents ne s'y opposent pas, tu pourras te con-sidérer comme le fiancé de Louisette.

Tu vas dîner avec nous, et je vous conduirai tous deux ensuite à la ferme des Chênes, où vous viendrez nous retrouver, ajoute-t-il en s'adressant à sa femme et à ses fils.

Jacques avait chaleureusement félicité son ami, et les jumeaux avaient sauté de joie.

— Nos liens d'amitié seront encore resserrés, par ce mariage, s'était écrié Jacques en serrant la main de son compagnon d'en-fance et en embrassant sa sœur. Nous ne formerons plus qu'une grande famille.

Aussi le repas fut-il animé par la plus franche gaîté.

Bientôt M. Lotudy et les deux jeunes gens suivirent, en causant d'avenir, le chemin agreste qui mène à la ferme.

Toute la famille Le Nollec s'était réunie sous la charmille, après le dîner, selon l'habitude en cette saison chaude, et, par un hasard inespéré, le capitaine Kérel en augmentait le cercle, étant venu passer quelques jours à Rhuis.

Tous s'étaient étonnés de ne pas voir paraître Jean à l'heure accoutumée; mais ils le furent bien davantage en apercevant le groupe qui se dirigeait vers eux.

Ces visages épanouis des visiteurs en disaient aussi bien long, et Anne, toujours très perspicace, devina qu'une grande résolution venait d'être prise par Jean.

— Quelle agréable surprise, Lotudy! s'écria M. Le Nollec. Et le reste de la famille?

— Tout le monde nous rejoindra bientôt.

On fit place aux arrivants.

Mais, sans s'asseoir, le père de Louise, dit gaiement, en désignant du geste les deux jeunes gens souriants :

— Voici un jeune couple, qui dans quelques mois, désirerait s'occuper de la ferme des Guillaume, si vous y consentez.

— Une clameur triomphale monta vers le ciel, et toutes les mains se tendirent vers les fiancés qui allaient compléter l'heureuse famille.

— J'aurais dû vous faire part tout d'abord de mes intentions, dit le futur fermier à ses parents, mais je voulais m'assurer du consentement de Louise.

— Que nous soyons avertis les premiers ou les derniers, peu nous importe, mon fils! dit M. Le Nollec, l'air radieux. Tu te

rends à nos vœux, c'est là l'essentiel. Aujourd'hui, je te retrouve, et je t'ouvre bien grands et mes bras, et mon cœur!

— Mon Jean!...

Et madame Le Nollec embrassait le jeune homme, et aussi sa
belle promise.

— Je n'ai jamais désespéré, reprit la mère; je savais que tu
nous aimais, et que tu n'aurais pas voulu t'éloigner de nous à
jamais.

— Et c'était aussi mon opinion, dit le grand-père. Je vous
disais bien de prendre patience, qu'un enfant élevé par vous ne
devait pas être un ingrat.

Je t'aurais accepté marin, mon gars, ajouta-t-il, en s'appuyant
sur l'épaule de son petit-fils, mais toute autre position que celle
d'agriculteur m'aurait chagriné pour toi et les tiens.

Anne et Yves n'avaient pas assez de caresses, pas assez de
mots tendres à l'adresse des fiancés, pour manifester leur con-
tentement.

— Quel bon travail nous ferons tous, les uns près des autres!
disait Yves.

— Oui! répondait Anne. Unis par l'affection et la similitude
des idées, nous goûterons le vrai bonheur.

— Et jamais fermes n'auront eu de plus jolies fermières!
s'écria galamment le capitaine.

Elles étaient bien charmantes, en effet, les amies qui allaient
devenir des sœurs; et les frères, qui les regardaient, se disaient
qu'ils avaient eu tous deux la meilleure part au festin de la vie.

FIN

TABLE

PREMIÈRE PARTIE
La ferme des Chênes

DEUXIÈME PARTIE
Désillusions

TROISIÈME PARTIE
Le vrai bonheur

FIN DE LA TABLE

Limoges. — Imp. E. Ardant et Cⁱᵉ.

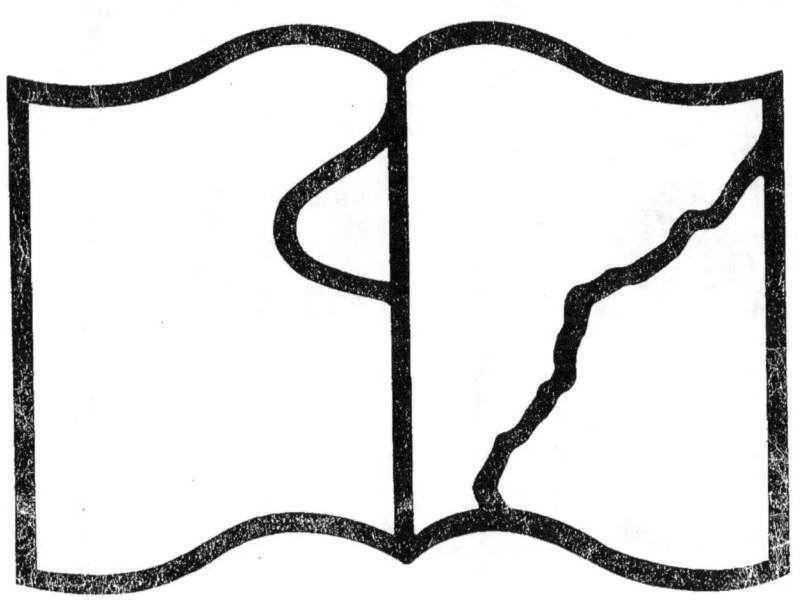

Texte détérioré — reliure défectueuse

NF Z 43-120-11

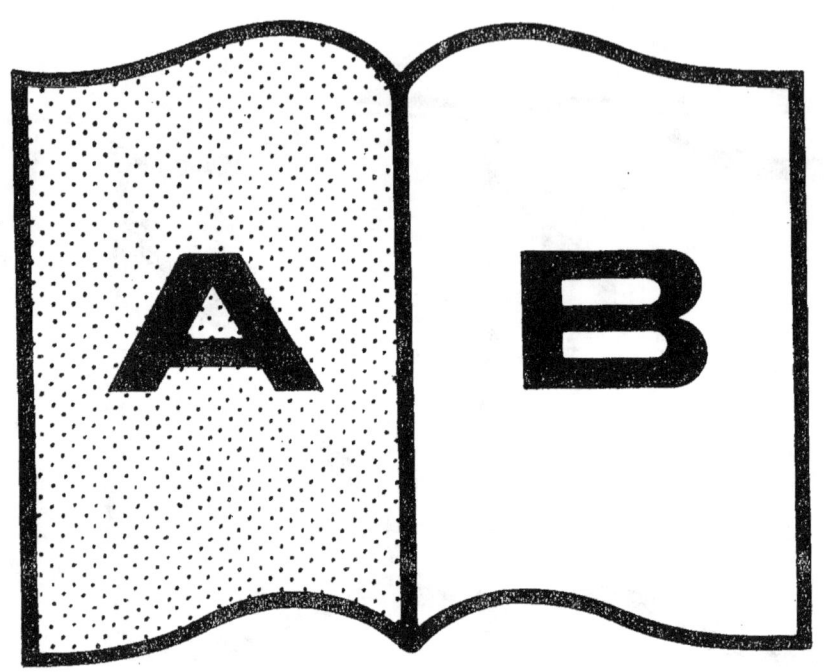

Contraste insuffisant

NF Z 43-120-14

www.ingramcontent.com/pod-product-compliance
Lightning Source LLC
Chambersburg PA
CBHW061450030726
47503CB00005B/1652